総務課の渋澤（しぶさわ）君のお弁当

ひとくち召し上がれ

森崎 緩

宝島社文庫

目次

総務課の渋澤君のお弁当

ひとくち召し上がれ

Soumukano Shibusawakun No Obentou

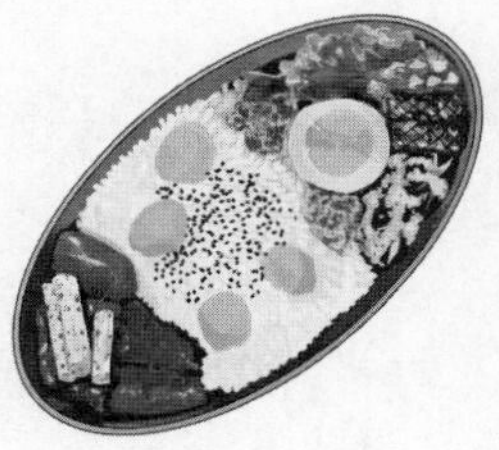

1、鮭のちゃんちゃん焼きと卵焼き

「札幌支社から参りました、渋澤瑞希と申します。趣味は車の運転ですが、あいにく愛車は北海道に置いてきてしまったので新しいものを買おうか迷っているところです。これからよろしくお願いいたします」

なんの変哲もないこの自己紹介は、文章にすればただの標準語だ。

僕は北海道札幌市の生まれだ。子供の頃から就職して東京に異動となるまで、一度として地元を離れたことがなかった。北海道は地方によってはそれなりに訛りがあるが、僕の言葉は道民の中ではきれいな方だと自負していた。文章にしてもこの通り、標準語となんら変わりない言葉を話す。

だが僕の挨拶を聞いた東京本社の人は、なぜか揃って笑うのだ。

「渋澤くん、訛ってるね。北海道の人ってそうやって喋るんだ」

一番最初の挨拶で上司である総務課長から笑われた時、僕は激しいカルチャーショックを受けた。先述の通り、僕は道民にしては訛っていない方だというプライドめいたものがあったからだ。

だがよく聞けば確かに東京の人と僕とはイントネーションが違う。北海道の人は単語の頭にアクセントを置きがちだが、東京の人はどんな単語も平坦に話す。だから僕が『長袖』とか『椅子』と言う度、周りの人たちはくすくす笑ったり、愉快そうに指摘したりするのだ。

正直に言えば、笑われていい気分になるはずもない。だが一方でこちらは単身上京した身、早く職場にも溶け込みたいという焦りもあり、面白がられるのを美味しいとも思うようにしていた。笑われた後で北海道出身ですと名乗れば、なるほどと思ってもらえる。それで初対面の相手とはなんとなく打ち解けられる。でもやっぱり、自分が訛っていると言われることには慣れない。札幌にいた頃は当たり前だがそんなこと一度も言われなかったからだ。自分の自覚していなかった訛りをコミュニケーションスキルに変換しつつ、それでも笑われる度にここが東京で、僕はまだここの人間になれていないことをつくづく痛感させられた。

そんな調子で過ごしてきて、早一年。

「――担当の者がただいま伺います。もう少々お待ちください」

電話を切った僕は、すぐさま立ち上がって総務課長の元へ向かう。

「花瀬課長、機材点検の業者さんがいらっしゃいました。エントランスでお待ちだそうです」

この一年間、僕は訛りを笑われつつも密かに標準語の訓練をこなしてきた。その甲斐あってか、イントネーションはいくらか標準語に近いものになってきたのかもしれない。

「了解。じゃあ行ってくる」

花瀬課長も僕が喋っただけでいちいち笑ったりはしなくなった。席を立つ顔に笑みが浮かんでいるのは生来の陽気さゆえで、一年も部下として付き合えばこの人が単に面白がりの笑い上戸だってことも、特に幼稚園児の娘さんの惚気話をする時によく笑うってことも把握できている。僕が最初に訛りを笑われたのも仕方のないことだし、近頃笑われなくなったのは僕の努力の賜物だろう。達成感を覚えつつ、僕は総務課を出ていく課長を横目に自分の席へ戻った。

自分の席とはいうが、本社ではフリーアドレスを導入していてこの机は僕だけのものではない。このフリーアドレスというやつにはなかなか馴染めなくて、ついお気に入りの席を選んでしまいがちだ。もちろんバレるとやんわり注意を受けてしまうので、週に一度だけ座るようにしていたが。

僕が気に入っているのは一番端の窓際の席。高層ビルの中間階にある我が社オフィスからは東京の街並みが見渡せる。時々気分転換に窓の外を眺めては、身を寄せ合って建ち並ぶビル群に故郷の景色を思い出していた。故郷にいた頃は道都・札幌だって相当な都会だと思っていたが、建物の密度も高さもやはり首都には敵わない。

「渋澤さん」

不意に名前を呼ばれた。

同じくして、机の上にすらりと長い影が差す。反射的に面（おもて）を上げれば、傍らに芹生（せりう）さんの姿があった。

芹生一海（かずみ）さん。フルネームを覚えているのはそれが彼女にすごくしっくりくる名だからだ。クールな名前の彼女は目が合うと軽く微笑（ほほえ）み、会釈（えしゃく）をした。

「郵便物の仕分けが終わりましたので、各部署に持っていきますね」

「ああ、ありがとうございます」

「それと、備品発注書の確認をお願いいたします」

差し出された書類を受け取り、目を通す。読み取りやすい丁寧な字で記された発注書は、今までに不備があったことなど一度もない。芹生さんは仕事が早く、しかも確実だ。おまけに朝は誰より早く出勤して、職場の片づけや清掃まで買って出てくれる。物腰の柔らかさも含めて、まさに非の打ち所がない勤務態度だった。

「不備はなし。芹生さん、相変わらず仕事が丁寧だね」

僕が書類から顔を上げると、芹生さんは微笑んだまま小さくかぶりを振った。

彼女の振る舞いはいつも控えめで謙虚だ。

身長は僕と同じくらい、だから百七十センチはあるだろう。きりっとした眉と涼しげな目元が印象的で、同世代かと思うくらい落ち着いている。だが僕より三つ年下で、まだ入社二年目だそうだ。今年度からこの本社の総務課に配属されてきたばかりだった。

そして何より、彼女は言葉がきれいだ。

「ありがとうございます。それでは、郵便物の配布に行ってきます」

きれいというのは丁寧で品があるというのもそうだが、訛っていないということでもある。聞いたところによれば彼女は出身も東京らしく、芹生さんが話す言葉はお手本のような標準語だった。羨ましい。

僕もこのくらい話せたら、笑われずに済んだのかもしれないな。一年前のことを懐かしく思い出しつつ、ふと別件の仕事を思い出す。

「あ、そうだ。芹生さん――」

だがもう一度顔を上げた時、彼女の姿はとうに付近にはなかった。スーツを着こなす後ろ姿が颯爽と総務課を出ていく、まさにその瞬間だけ見えた。

東京の人は、なぜか歩くのがとても速い。

午後六時過ぎに退勤して、僕は一人きりで会社を出た。

六月初めの夕方は思っていたより蒸し暑く、梅雨入り前でこれかとうんざりしてくる。東京に来てから二度目の夏がやってきたが、猛暑を迎え撃つ覚悟は全然できていない。初夏の生温い風に頬を撫でられ、思わず溜息をつく。

振り返ると、今しがた出てきたばかりのビルがそびえ立っていた。地上三十六階建ての複合ビル、ここに弊社も入っている。今は日没前のゴールデンアワーで、燃え上がるようなオレンジ色の光を浴びた窓ガラスは目に眩しい。このくらいの高さのビルは札幌にだってあったが、東京のビルにはなぜだか妙な威圧感を覚える――単に慣れていないからだろうか。

慣れていないと言えば、人の歩く速さもそうだ。ビルから視線を移せば目の前の道路には、僕と同じように仕事を終えたスーツ姿の人々が行き交っている。まるで何かに急き立てられているみたいに早足で、一体どこへ行くんだろう。僕もその流れに紛れ込もうと道路へ出たが、気がつくと後ろから来た人たちに次々追い越されてしまう。そして余計に汗をかく。

それでも、駅直結の複合ビルを出て雑踏に揉まれているのには訳がある。今日は真っ直ぐ帰らずに外食をするつもりだった。景気づけに、ちょっと豪勢なやつを。

「いらっしゃいませー！」

店のドアを開けると店員さんの威勢のいい声と焼ける肉の煙、そして懐かしいラム肉の香りが押し寄せてきた。思わず胸いっぱい吸い込みたくなる。

職場の近くにジンギスカンの店を見つけたのはつい最近のことだった。北海道では当たり前のように食卓に並ぶラム肉も本州ではマイナーな存在で、普通のスーパーじゃまず見当たらない。飲み会でも選択肢にジンギスカン屋が挙がることはまずなく、僕にとっては二年ぶりになるジンギスカンだった。

店の内装は焼肉店と大差ない雰囲気だったが、案内された席には確かに山型の鉄製ジンギスカン鍋が置かれていた。久方ぶりの再会にじーんとする。また会えて嬉しいよ。

「お客様、当店は初めてですか？」

若い女性の店員さんが愛想よく尋ねてきた。

「はい」

「ではお肉の最初の一枚は私がお焼きしますね」

店員さんが鍋に白い牛脂を置く。熱した鍋にじゅうじゅうと擦りつけるように牛脂を馴染ませていく、その作業すら郷愁を感じてたまらない。

「ジンギスカンはよく食べられるんですか？」

ラム肉の最初の一枚を焼きながら聞かれた。こちらも上機嫌で答える。

「久し振りなんですよ。実は北海道出身で、でも東京へ来てからは全然食べる機会がなくて」

「えっ！　北海道の方にお出しするなんて緊張しちゃいます」

店員さんは気を引き締めるように姿勢を正した。

「ずっと食べに来たいと思ってたんです。楽しみにしてます」

気負わせても悪いし、明るく告げて笑いかけたら途端に弾けるような笑顔が返ってきた。

「はい、頑張って焼きますね！」

結果、頑張って焼かれたラム肉はミディアムレアのいい焼き加減だった。少し分厚めの肉は柔らかく、噛むと漬け込まれたタレの旨味がじわっと染み出してくる。地元で食べる薄切りラムのジンギスカンとは趣が違うが、これはこれでとても美味しい。

「せっかくですから、ゆっくりなさってってくださいね！」

この店の店員さんはサービスがよく、鍋の周りに野菜まで並べていってくれた。お言葉に甘えてじっくり味わうことにする。ジンギスカンはラム肉の美味(うま)さももちろんだが、その脂(あぶら)が染み込んだ野菜もまた美味い。定番のモヤシやキャベツも頬張りつつ、しばらく黙々と堪能した。

前にジンギスカンを店で食べたのはいつだっただろう。北海道民にとっては家庭料理でもあり、野外で食べるバーベキュー代わりでもあるメニューだから、外食でという機会はそう多くない。店で食べると高いし。

でも何年か前に——まだ札幌にいた社会人二年目の夏、ボーナスが出たからと食べに行ったことがある。一人ではなかった。同期の、播上正信(はたがみまさのぶ)と一緒だった。

播上は料理が趣味の男で、会社にも毎日お弁当を持ってきていた。そういう奴だからジンギスカンの焼き方にも一家言あるらしく、僕の焼き方にあれこれと文句を言ってきて、しまいには『肉に触るな、俺が焼く』とまで厳命してきた。向こうからすれば日頃料理なんてあまりしない僕の腕前に不満もあったのだろうし、実際に播上が焼いてくれた肉の方が段違いに美味かった。当時は悔しかったが、今となっては笑いが込み上げてくるような思い出だ。

郷愁を誘われつつ、僕は一人前のコースを完食した。腹八分目の程よい分量、これでもいいお値段だ。

「久々のジンギスカン、いかがでした？」

会計に立ったのも僕に肉を焼いてくれた店員さんだった。

「とても美味しかったです。また来ますね」

「よかった！　ぜひいらしてくださいね！」

そう言うと店員さんは口直しのキャンディとショップカードを手渡してくれる。彼女に見送られて店を出た後、ふとショップカードを見てみたら手書きでメッセージアプリのＩＤが記されていた。

『よかったら連絡ください』

そんな文言を見て、申し訳ないながら困ってしまう。

「あの店、行きにくくなったな……」

食事の後、駅に向かってぶらぶらと歩いた。また人でぎゅうぎゅうの山手線に乗らなくちゃいけない。この後は真っ直ぐ帰るしかない。寄り道をしようにも酒を飲み歩く趣味はないし、そもそも一人で飲んでも楽しくない。かと言って東京ではすぐに誘えるような相手がまだいなかった。女の子からはよく声を掛けられるものの、ここ最近はそういう気分にもなれていない。

美味しいものを食べた後なのに、なぜか、なんとなく気分が沈んでいた。ジンギスカンに誘われた郷愁が、今は胸を締めつけるようだ。食べながらいろんなことを思い出していたせいかもしれない。

東京に来て一年と少し。本社での仕事も勝手がわかってきたし、押し合いへし合いの通勤も惰性でこなせるようになった。夏の暑さとじめじめにはしばらく慣れそうにないが、それも時間の問題だろう。だがそういう慣れとは別に、ことあるごとに故郷のことを思い出してしまう自分がいた。

もちろん、東京もいい街だ。買い物にはまず不自由しないし美味い店もたくさんある。雑誌はちゃんと発売日に買えるし、遊びに行く先も時間が足りないほどある。でも東京にはジンギスカン用のラム肉を買えるスーパーがなかなかない。カツゲンもガラナも売ってない。雪が全然積もらないのはいいが冬場はなぜか普通に寒い。

それに何より、友達がいない。

札幌にいた頃は友達がいた。播上とは同期で、同性で、同じ総務課で、たまに飯行ったり飲みに行ったりするくらいには仲が良かった。かつて持っていた愛車の助手席に乗せてやったこともある。僕は播上の飄々（ひょうひょう）とした性格を居心地いいと思っていたし、播上も僕の誘いを断ったことがないから、たぶん同じように思ってくれていたんだろう。一緒に過ごす機会は結構あって、本社への異動が決まった時も僕は一番に奴へ知らせた。

『お前ならどこへ行っても大丈夫だよ』

その時播上が掛けてくれた言葉を、今も覚えている。

だが近頃、時々思う。

本当にそうだろうか。

東京での暮らしに慣れたふりをして、でも無性に寂しい気持ちになっている。

故郷の食べ物を懐かしみ味わってはみたものの、満たされたのは空腹だけだ。遠い友達を思い出す一方で、連絡先を貰って『面倒だな』とさえ思ってしまう自分がいる。

これは、もしかすると——。

気づけば僕は立ち止まっていて、点滅する青信号にはっと我に返った。田町駅西口、書店とカフェのある横断歩道前。電車に乗ろうとここまで歩いてきたはずなのに、足を止めてしまってどうするのだろう。

「僕は、大丈夫だろうか」

思わず口に出して呟いた時だった。

「……渋澤さん？」

若い女性の声が、恐る恐るといった様子で僕を呼ぶ。

反射的に顔を上げつつ、どこかで聞いた声だと思った。

信号待ちの人混みを背景に、美しく着飾った女性がこちらを覗き込むように見ていた。

きれいな人だった。ふんわりしたベージュのシフォンワンピース、その裾からはすらりと長い脚が伸びている。細い首元には小さなパールのネックレスが鈍く光り、ゆるくお団子にした髪は後れ毛ごと夜風に吹かれ、揺れている。まるでパーティー帰りみたいなその女性は、唯一違和感のあるエナメルのスポーツボストンを肩にかけ直しながら言った。

「あの、大丈夫ですか？　具合でも悪いのでは……」

二度も聞けばさすがにわかる。聞き覚えのある声だった。

いや、それ以前に僕は、その顔を知っている。

「芹生さん……？」

涼し気な目元に今は華やかなメイクをして、どこか気遣うようにこちらを見ている。その顔は間違いなく、同じ総務課の芹生さんだった。いつもかっちりしたスーツにスニーカーの彼女が、パーティードレス姿で目の前にいる。

僕がぼんやり呼び返したからか、彼女は急に慌てた様子で自分の服装を見下ろす。

「あっ、これはその、実は同窓会帰りで」

「同窓会？　へえ……」

「場違いな格好でごめんなさい。私の服装のことはお気になさらないでください」

別に謝らなくてもいいのに。よく似合ってるし。

「すみません、ちょうど渋澤さんをお見かけしたからご挨拶しようかと思ったんですが、なんだか元気がない様子でしたから心配になって」

芹生さんはぺこぺこ謝りながらそう続けた。

元気がないと言われると、確かに心当たりはありまくる。僕は少し笑って聞き返した。

「そう見える？」

「はい。足を引きずるように歩いてましたよ」

「え、そんなにか……」

駅に来るまで、ずっと故郷のことをあれこれ考えてきた。東京にはなくて北海道にはあったものを思い浮かべては、ないものねだりのような空しさに打ちのめされていた。こっちに来てからもう一年も経つのに、今更のように寂しくてたまらなくなっていた。

「あの、差し出がましいかもしれませんけど」

芹生さんが心配そうに口を開く。

「気分がすぐれないのでしたらタクシーでも呼びましょうか？　渋澤さんは確か代々木にお住まいでしたよね。私も新宿駅までは行くので、送っていきますよ」

彼女は僕が体調不良だと思い、案じてくれているようだ。その優しさは嬉しいが、あいにく違うので急いで否定した。

「いや、違うんだ。具合が悪いわけじゃなくて」

「え？」

「全然元気だよ、身体の方はね」

そう言い添えてから、しまったと思う。まるで心の方は元気じゃないって自白したようなものだ。

実際、芹生さんもそれを聞きとがめたんだろう。切れ長の目がゆっくりと瞬き(まばた)をする。突っ込んで尋ねていいものかどうか、迷ったのかもしれない。

「あー……」

変にごまかすのもよくないかと、僕は恥じ入りながら打ち明けた。

「実はその、ホームシックみたいなんだ」

「ホームシック、ですか？」

「うん、変な話だけどね」

もういい大人だ。二十代も後半に差しかかり、今更故郷が恋しいなんていうのも情けない話だろう。

　ただ僕は、上京するまでの二十五年間をまるまる札幌で過ごしてきた人間だった。住み慣れた街を出て知らない土地に来て、それでも一年間はひたすら頑張ってきた。友達もいない街で、まずは駅までの道を覚えることから始めて、忙しい仕事の合間に生活の基盤もどうにか整えて——そうやって必死に暮らしてきた反動が、仕事に慣れた今になって急に押し寄せてきたのかもしれない。

　ホームシック。言葉にしてみると今の気分にとてもしっくりくる。

　帰りたいというわけじゃない。でも、ここにはないものが多すぎて、今は無性に寂しい。

「ごめん、心配してもらったのに大したことじゃなくて」

　僕は、じっとこちらを見つめてくる芹生さんに詫びた。

「本当に、全然大したことなくてさ。ちょっと寂しいなって思ってただけなんだ。こっちに来てからまだ友達も作ってなくて、あとほら、食べ物とかも違うし。周りの人もみんな言葉きれいで、僕一人だけ北海道弁で訛ってるだろ？　だから——」

　大したことない、と言い張れば言い張るほど重症にも思えてきて、僕はそこで口をつぐんだ。

一旦間を置いてから、

「とにかく、大丈夫だよ」

と言うと、予想はできたが説得力皆無だったんだろう。芹生さんはますます心配そうに眉尻を下げてみせる。

「苦境に立たれているんですね、渋澤さん」

「や、苦境って言うほどでは」

「あの、私、これも差し出がましいかもしれませんけど——お話聞くだけならできますよ」

街明かりが輝く夜の東京、そこに似つかわしくないほど真面目な顔で芹生さんが言う。ちょうど何度目かの信号が変わり、彼女の凛々しい顔立ちを明滅する緑のライトが、次いで赤のライトが照らした。

「相談に乗ります、と言えるほど的確な助言はできないかもしれませんが、話せば気持ちが軽くなるということもあります」

その口調は勤務中と寸分違わず隙がなく、そして標準語のお手本のようにイントネーションがきれいだった。

普段ならこういう申し出にはお礼だけ言って丁重に断っていただろう。相談事というのは気を許せる相手にするべきものであって、あまり親しくない相手にするとその人にまで重荷を背負わせてしまう。

でも今は、せっかくの親切を受け取りたくなっている。それだけ心が弱っていたのかもしれないし、芹生さんが知らない相手ではないからかもしれない。

あるいは、パーティードレス姿の彼女が、物珍しくて仕方がなかったからかもしれない。

「じゃあ、聞いてもらおうかな……」

おずおずと切り出せば、芹生さんは仕事で頼まれごとをした時と同じ笑顔で頷いた。

「はい、任せてください」

立ち話もなんだからと、僕たちは駅前のカフェに入った。

店の照明の下で向かい合わせに座れば、芹生さんの姿は一層華やいで見える。ベージュだと思っていたシフォンワンピースは改めて見ると本当にほのかなピンク色で、まとめ髪ともあいまってお人形さんみたいに愛らしい。瞼を彩るアイシャドウの細かなラメが瞬きの度にちかちか光って、普段のボーイッシュさとは全く異なる雰囲気を醸し出していた。

「その服、すごく似合うね」

軽い気持ちで褒めたら、アイスコーヒーを飲もうとしていた芹生さんの手がぴたりと止まる。たちまち目を泳がせ、申し訳なさそうに言われた。

「そんなことないです。むしろすみません、こんな格好で」

「え、なんで謝るの？」

予想外の反応に僕は戸惑ったが、どうやら謙遜でもないらしい。彼女は苦笑いで打ち明けてくる。

「さっきも言った通り今夜は同窓会だったんですが、気合入れすぎちゃったみたいで……。みんなからも『浮いてる』とか『場違い』とかって笑われてきたところなんです」

「そうかな。とてもいいと思うけど」

普段のスーツでぱりっとしている芹生さんも格好いいが、今夜みたいな装いだって素敵だ。驚いて褒め称えこそすれ、笑うなんてのは変だと思う。

とはいえ、ＴＰＯという問題もあるか。気合を入れすぎてはいけない店が会場だったとか。

「同窓会、どこでやったの？」

「すぐそこの居酒屋です」

「ああ、それならまあ……」

居酒屋となると思いっきりカジュアルにしてくる人もいるだろうしな。男なら仕事帰りでもない限りスーツは着てこなさそうだし、そうなると芹生さんが浮いてしまったのもわからなくはない。

ただ、芹生さんだって仕事帰りだ。勤務中のスーツからわざわざ着替えて、メイクも直してきれいにしていったのに、そんな言われ方は不本意だろう。少なくとも僕に対して謝る必要は一切ない。

そう思って、

「でも僕は素敵だと思うな。芹生さんに似合ってて、きれいだよ」

もう一度、今度はちゃんと褒めておく。

北海道にいる祖母の家にフランス産のビスクドールがあった。つやつやしたブルネットの髪に花を飾ったボンネットを載せ、目は透き通った青色だった。口元は微笑んでいるようで、遠い母国を想う寂しげな表情にも見えた。その人形を祖母は、本物の子供みたいに大切に扱っていたのを思い出す。今夜の芹生さんは、あのビスクドールによく似ていた。

だが芹生さんは目を見開いた後、慌てふためいた様子でかぶりを振る。

「いえ全然っ、そんなことないですから！　鬼瓦にも化粧とは言いますが、限界もあるというものでした！」

珍しく声を張り上げてまで否定されたので、これは無神経な褒め方だったかなと思った。

外見に言及されるのを嫌がる人もいるし、似合うからって無闇に言うのも悪かったか。芹生さんが恥ずかしそうに俯いたので、僕は話題を変えることにする。

「僕もさ、さっきジンギスカン食べてきた帰りなんだ。臭わないかな？　大丈夫？」

すると芹生さんは少し赤くなった顔を上げ、また首を横に振った。

「全然ですよ。ジンギスカン、田町で食べたんですか？」

「うん、会社近くのお店で。芹生さんはジンギスカン平気？」

「実は食べたことないんです」

「東京だとそういう人多いな。ラム肉は好き嫌い分かれるし」

「そうなんですか……言われてみたら、ラム自体食べたことないかも」

北海道だと豚肉、鶏肉と並んでポピュラーな食材なのに、東京じゃ近所のスーパーには売ってない。僕がこっちに来て初めて受けたカルチャーショックがこれだった。芹生さんもラム肉の味すら知らないようだし、同じような人は職場にも結構いた。

「そういうの結構あるんだよな。コンビニで売ってるあんまん、あれも北海道だと小倉あんが普通なのにこっちだとだいたい黒ゴマあんだろ？　あとおにぎりを温めるか聞かれなくて勝手にどぎまぎしちゃったり……食べ物がらみで驚かされることが特に多くて、それで余計に寂しくなってる」

僕が零（こぼ）すと、芹生さんは相槌（あいづち）を打つように小さく顎（あご）を引く。

「渋澤さんは、東京来てまだ一年くらいでしたよね」

「ああ。ちょっとは慣れたつもりでいたけど、そうでもないのかな」

「一年なら仕方ないですよ」

慰める言葉の優しさに、情けないような、でもほっとするような気分になった。

それから逆に尋ねてみる。

「芹生さんは東京出身だったよね？　地元を離れたことは？」

「去年一年間は静岡（しずおか）にいました。でもそれ以外は、学生時代もずっと東京でしたね」

すらすらと答えた彼女が、すぐに眉尻を下げた。

「ですから……渋澤さんの今のお気持ちを百パーセント理解できるかというと自信はないのですが、私もここから遠くへ引っ越すことがあれば、きっと辛くなるだろうなと思います。見慣れた街並みからも、親しい友人からも離れて、一人で新しい土地に行くのは大変なことですよ」

「親しい友人か……」

呟きながら、脳裏に浮かんだのは播上の顔だ。

北海道を離れる前は、こんなに寂しくなるなんて考えてもみなかった。

「芹生さんも、離れたくないとか、会えなくなったら寂しいって友達がいるんだな」

「はい。高校時代の同級生とは今でも会ったりします」

「そうか、今夜も同窓会だったって言ってたっけ」

「はい」

頷いた芹生さんは微笑んでいたが、同時に疲れているようにも見える。ほつれた髪をかき上げる仕草がどこか気だるそうだった。

それもそうか、彼女は同窓会帰りだ。昔なじみたちと旧交を温めてきた後で、職場の同僚の湿っぽい愚痴なんか聞きたくはないだろう。頼んでおいてなんだが、付き合わせて悪かったなと今更ながら思ってしまった。

だったら少し軽めの、笑ってもらえる程度の愚痴にしてお開きにしようか。そう考えて僕は語を継いだ。

「僕にもいたんだ、仲のいい友達。札幌支社の同期で、播上っていうんだけど」

「はたがみさん、ですか」

「手偏に番付の番で播上。珍しい字書くよな」

芹生さんは手のひらの上に文字を書いてから、驚いたように相槌を打つ。

「確かに、そうですね。へえ……」

「学生時代の友達とは就職してからは全然会えてなくて、代わりにってわけじゃないけど播上と過ごすことがよくあった。っていってもそう密な間柄でもなくてさ、仕事帰りにご飯行ったり、飲みに行ったりくらいなんだけど」

でもそういうのが気楽で、不思議と性に合った。お互いのプライベートに干渉し合うこともあんまりなくて、時々仕事の愚痴とか、人間関係の悩みを零す程度だった。

「播上はいい奴でさ、とにかく一緒にいて落ち着くんだ。不器用なところもあるけど、下品な冗談言ったりしないし、人を馬鹿にして笑ったりもしない。僕に対してはいつも真面目で誠実な言葉をくれて、居心地がいい相手だったな」

「盟友と呼べる方だったんですね。素敵な交友関係です」

芹生さんが目を輝かせる。

それがお世辞だったとしても嬉しかった。その通りだと思う。

「ああ。だからこっちに来て一年経って、ようやく落ち着いたからかな。播上がいないのが寂しくなってきたんだ。さっき言った食べ物のこともあるし、今日なんてジンギスカン食べに行ったら、播上とも食べに行ったことあったなって思い出して……感傷的になってるのかもな」

僕が苦笑すると、芹生さんはまるで同情的に頷いてみせた。

「喪失の痛みは後からゆっくり来るものです。寂しくなって当然ですよ」

「ありがとう。そう言ってもらえると気が楽になるよ」

「なんとか、お気持ちが和(やわ)らぐことがあるといいんですけど……」

彼女は顎に手を当てて考えはじめる。

親身になってくれようとしているのは申し訳ない反面、ありがたい。僕にもこれといった解決方法は思いつかなかったし——正直、時が解決してくれるのを待つしかないのかもしれない。しばらくはもやもやと、この寂しさと故郷恋しさを抱えながら。札幌にいた頃にあった、いろんな出来事を思い出しながら。

「そういえば、播上は料理が上手くてさ」

思い出話を切り出した時、芹生さんはきっと驚くだろうなと予想していた。案の定、彼女は僕の言葉に目を丸くする。

「へえ！　珍しいですね、男の人でお料理上手なんて」

「しかも並の腕じゃない。プロ級だった。一度だけ手料理をごちそうになったことがあるんだけど、もうめちゃくちゃ美味かったんだ。僕がリクエストしたらハンバーグ作ってくれて、ディップみたいにいろんなソースも添えてくれて、それがまた全部ハンバーグに合っててさ」

「わあ……美味しそう……」

芹生さんは羨ましそうに、口を少し開けて呟く。珍しく敬語が外れたので、それは心からの本音でもあったのかもしれない。お腹空いてるんだろうか。

勤務中とは違う素の表情を面白く思いつつ、僕は続けた。

「今になって、もっと食べさせてもらっておけばよかったって思うよ。播上だったら今の僕が食べたい北海道料理も作れただろうし、作り方を習うこともできたかもしれない」

　播上の手料理をもっと食べておけばよかった、というのは僕が故郷に残してきた数少ない後悔の一つだ。お互いの家に行くような密な付き合いはしていなかったから、僕が奴にもてなされたのは東京への異動が決まった直後のことだった。ハンバーグをごちそうになった夜、僕らはいつになく長い時間を過ごしいろんな話をしたけど、北海道料理をリクエストするという発想はなかった。その頃はまだ、こんなにも恋しくなるなんて思いもしなかったからだ。

　他の後悔はあまりない。強いて言うなら——僕と播上の同期に清水さんという女性がいたが、彼女も料理が趣味で播上とは仲が良かった。彼女のことを本当はどう思っているのか、播上から聞き出せなかったことも少しだけ、悔やんでいる。

　懐かしい顔をもう一人思い出して、僕が自然と口元をゆるめた時だった。

「渋澤さんも、お料理されるんですか？」

　不意に、芹生さんがそう尋ねてきた。

　今度は曖昧に笑んで、正直に答える。

「播上ほどじゃ全然ないよ。僕のは趣味じゃなくて必要に駆られてって感じだし、普段は麺類ばかりなんだ。焼きそばとか、焼きうどんとか、パスタとか」

「十分すごいですよ！」

力説する芹生さんが、そこで恥ずかしそうに首を竦めた。

「私、全然しないんです。だから料理する方は皆さんすごいと思います」

「え、全然？」

「はい、全くです」

意外だ。

芹生さん、なんでも完璧そうな人だから料理だって難なくこなすのかと思っていた。

「仕事の日は家に帰ると、疲れて寝ちゃうことが多くて……」

「ああ、それはわかるな。自炊も体力いるよな」

ましてや彼女は本社に来てまだ一年目だ。覚えなくてはいけない仕事は多いだろうし、新しい環境下では気疲れだってするだろう。そういう事情なら全然料理をしないというのも頷ける。

「ですから、自分で料理ができる人は皆さん尊敬しています。私もできればそうありたいんですけど」

芹生さんは照れたように笑った。

そうありたい。確かに、そうだよなと思う。

僕も上京して二年目、仕事にも環境にも慣れてきた頃だ。だからこそ考える余裕ができて北海道時代が恋しくなっているんだろうが、それこそ自力で乗り越えるべきことかもしれない。

「播上に連絡取って、北海道料理でも習おうかな」

それは、思いつきから出た一言だった。

だがぽつりと零したその言葉に、芹生さんが思いのほか食いついてきた。

「北海道料理って興味あります。どんなメニューがあるんですか？」

「そうだな、有名どころだとジンギスカンとか、ザンギとか」

とりあえずツートップの名前を挙げてみる。

ジンギスカンは今夜食べてきたばかりで、市販のラム肉を買うのが難しいから今回は除外。そもそも習うようなメニューでもないしな。ザンギは確かにポピュラーだが、料理初心者の僕に揚げ物はハードルが高い。

他に、よくある郷土料理と言えば――。

「鮭のちゃんちゃん焼き、とかも郷土料理って言われてたな。聞いたことある？」

僕の問いに、芹生さんは少しだけ眉根を寄せた。

「名前だけは……。私、北海道には行ったことなくて、どんな料理かまでは知らないです」

「うーん、簡単に言うと鮭のバター味噌焼きってとこかな」

地元では給食の献立から居酒屋のメニューまで、どこにでもあるメジャーな料理だ。実家で作る時はホットプレートで仕上げていた気がするが、工程をちゃんと見てこなかったのが悔やまれる。だが播上だったら美味しい作り方もきっと知っているはずだ。

「ちぎったキャベツとか千切りの玉ネギとか、ほぐしたシメジとかを鮭の切り身と一緒に焼くんだ。こんがりっていうよりは蒸し焼きにする感じだったかな。ふっくらした鮭の身やくたくたになった野菜に、味噌バターの味がよく合う」

僕が身振り手振りを交えて語ったからか、それとももともと食べることが好きなんだろうか。芹生さんはこちらへ身を乗り出し、ごくりと喉を鳴らした。

「それは、非常に美味しそうですね……！」

「興味ある？」

面白くなって尋ねると、彼女ははっとした様子で椅子に座り直す。

それからもじもじしつつ、頷いた。

「はい。機会があれば食べてみたいって思いました」

「そっか。僕ももう少し腕があったら『今度作ってくるよ』って言うんだけどな」

さすがにここは播上のようにはいかない。自分で食べる用ならともかく、人様にお出しするとなると練習も必要だろう。

「いえ、そんな……渋澤さんに作っていただくなんて申し訳ないですし」

芹生さんも遠慮がちに手を振りつつ、でも食への興味は尽きないのか、その後で言い添えた。

「もし作ったら、ぜひ見せていただきたいです。どんな料理か興味があります」

「わかった。播上に聞いて、習っておくよ」

僕が答えると、彼女は満面の笑みを浮かべる。

「はい！　楽しみにしています！」

その弾むような声とあどけない笑顔に、そういえば三つ年下なんだよな、などと今更のようなことを実感した。

同時に僕も、なんとなくもやもやしていた気持ちがいつの間にか晴れていることに気づく。人に打ち明けることで憂鬱の原因が整理でき、またやるべきことがはっきりとしたからだろう。

「ありがとう、芹生さん。だいぶ元気が出たよ」

僕は感謝を述べて、深く頭を下げた。

それから顔を上げれば、彼女はなぜかきょとんとしている。

「私、まだ何もできてないですけど……お役に立てましたか？」

「話聞いてもらっただろ。お蔭で立ち直れた気がするよ」

「あ……それはよかったです！」

深く安堵した様子で芹生さんが微笑んだ。

今夜は彼女のいろんな顔を見せてもらった。思っていたよりもずっと飾り気がなくて、話しやすい人だ。

芹生さんとは一緒に山手線に乗り、僕が代々木で降りたところで別れた。

「ではまた来週。お疲れ様でした」

別れ際に深々と頭を下げてきた彼女は、やっぱりきれいなイントネーションをしていた。上げた顔に浮かんでいたのは本物の人形みたいに上品な微笑みで、同窓会帰りの華やかなドレス姿が閉じるドアの向こうに消える。僕は名残惜しいような、それでも十分楽しいような気分で家路に着いた。

ＪＲ山手線、代々木駅から徒歩十五分。五階建てマンションの三階、南東向きの部屋が現在の僕の城だ。

築年数は四十年と僕よりだいぶ先輩で、１ＤＫの部屋はなんと家賃が月八万。これでも二十三区内では安い方だというから驚きで、札幌だったら同じ間取りが半額で借りられるだろう。だが東京に住むのは初めての身、通勤の便利さには代えられないとここに決めた。住んでみたら山手線で代々木から田町まではちっとも近くないと後で気づいたが――それでも二十三区外から通うよりは早いよ、と東京歴の長い人達は言う。

家に帰ってまずすることはエアコンの稼働だ。これも札幌に住んでいた頃はなかったことで、急き立てられるようにごうごうと風を吹き出すさまを見届けてから着替えをする。帰宅した時にはもう夜九時半を過ぎていたから、シャワーは明日の朝にしよう。

今夜はまず、播上に連絡を取らなくては。

『もう帰ってる？　ちょっと聞きたいことがあるから電話させて欲しい。料理についてだ』

スマホからメッセージを送ると、五分もしないうちに返信があった。

『ちょうど夕飯終えたとこ。いつでもいいよ』

気安い返事だ。播上とはこちらへ来てからもちょくちょく連絡を取っていて、お互いの近況とか、最近食べた美味しかったものとか、そういう話はよくしていた。だが当然ながらホームシック気味だなんて恥ずかしい打ち明け話はできない。播上は僕がそう言ったところで笑ったりからかったりはしないだろうが、逆にめちゃくちゃ心配してきそうだから余計に言いづらかった。

「……もしもし」

思えば電話を掛けるのは久々だったかもしれない。僕の問いかけに、播上は大したラグもなく応じた。

『ああ。渋澤が料理の話なんて珍しいな』

すぐ本題に入るところも非常に播上らしい。元気かとか、最近どうしてるとか、全然聞いてこない。これは僕が相手だからで、清水さんとはまた違うやり取りをしているのかもしれないが。

「珍しいだろ。作ってみたいメニューがあって、お前ならレシピ知ってるかと」

『へえ、どんなメニューだ？　作れるのなら教えるよ』

播上のイントネーションは懐かしい北海道弁だ。無性にほっとした。

「なんか北海道っぽい料理が食べたくなったんだ。鮭のちゃんちゃん焼きとか」

『ああ、それなら作れる』

「助かる！　じゃあ暇な時、レシピ書いて送ってくれよ」

僕はお気に入りのソファーに深く腰掛け直す。ターコイズブルーのカウチソファーは大学の入学祝に祖母が買ってくれたもので、札幌から運び出してきた数少ない家具の一つだ。二人掛けサイズで座り心地も寝心地もよく、時々ここで朝を迎えることもある。

ここに座って播上と喋っていると、気分だけは札幌時代に戻ったようだった。

『いいよ、後で送る。そんなに難しくないから渋澤でも作れるはずだ』

「本当か？　前にも言ったけど、料理は麺類専門なんだぞ」

『インスタント専門でもないなら大丈夫だろ』

そう言って播上は笑う。あんまり心配している様子ではないし、本当に簡単なのかもしれない。

『でも珍しいな、お前が料理したいって言い出すなんて』

「たまに食べたくなってさ。ほら、前にも話したろ。こっちじゃジンギスカンも

『言ってたな。スーパー三軒回っても売ってなかったんだっけ』

ラム肉が普通にスーパーじゃ買えないという話は、以前播上にもしていた。僕らにとっては重大なカルチャーショックだった。

「カツゲンやガラナも売ってないし、居酒屋にはラーメンサラダもないんだ」

『その辺はよく聞くな。ラーサラは北海道特有のメニューらしい』

「あとは豚丼も見ない。こっちでは豚丼と言えばまず牛丼の豚肉バージョンだ」

『へえ。美味しいのにな、豚丼』

「それと本州の人は、飲み会のシメにパフェとかアイスとか食べない」

『マジか！　え、じゃあ何食べるんだ？』

こっち来て初めての飲み会の最後にパフェ頼んだら、居合わせた総務課の面々に相当珍しがられて『甘いもの好きなんてかわいいね』などとからかわれ、赤面させられた思い出がある。男のシメパフェはそこそこ奇異の目で見られるようだ。

ちなみに東京の人達はシメと言えばまずラーメン、あとはお茶漬けとからしい。

「そんなんだから北海道の食文化がすっかり恋しくなっちゃってさ」

僕は嘆きまじりに笑った。

「まずはちゃんちゃん焼き、作ってみるよ。上手く作れたら画像送る」

『楽しみにしてるよ』

播上もまた笑い、それから明るく付け加える。

『他に作りたいメニューがあったらいつでも言ってくれ』

聞いたところによれば、播上は清水さんともこんなふうにレシピのやり取りをしているそうだ。僕の場合は教わるばかりでやり取りにならないのが申し訳ないが、厚意には甘えておこう。

ついでなので、最後に聞いてみることにした。

「そういえば、清水さんはどうしてる？」

僕の問いに、播上は即座に答える。

『元気にしてる。変わりないよ』

東京から札幌まで、直線距離にして八百キロメートルの向こうから即答されて、今度は密かに笑っておいた。仲がいいのも変わらないなら何よりだ。

播上と清水さんはお互いのことを『メシ友』だと呼んでいた。あくまでも料理、お弁当作りを共通の趣味とする友人ということらしい。実際、あの二人が札幌支社の社員食堂でお弁当のおかずを交換したり、作り方について話している時はとても楽しそうだったし、他の誰にも立ち入れない雰囲気があった。正直、僕だって見かける度に羨ましく思ったものだ。

『渋澤は清水と連絡取ってないのか？』

「個人的に話すほど親しいわけじゃなかったからな」

僕も彼女と同期ではあるし、そのよしみで連絡先も知っていた。だが連絡を取り合うほど親しかったわけでもない。異動が決まった後に『向こうでも頑張ってね』と声を掛けてもらった、その程度の仲だ。

なんとなく、播上抜きで清水さんと話すことに罪悪感もなくはなかった。

「清水さんとは、いつでもお前を挟んで話してただろ？」

そう確かめたら、なぜか播上は黙ってしまう。思い当たる節があったのかもしれない。

ともあれ、電話の後で播上はちゃんちゃん焼きのレシピをメッセージで送ってくれた。

ちょうど週末だったので、レシピを貰った翌日、僕は近所のスーパーへ買い物に出向く。そして播上に教わった通りの材料を一通り買い揃えた。

まずは野菜。キャベツと玉ネギ、それからシメジ。キノコなら割となんでも合うそうで、えのきだけや舞茸でもいいと播上レシピには付記されている。彩りにパプリカやニンジンを入れてもいいとあったので、試しに丸々としたパプリカを買ってみた。こいつを購入するのは初めてだ。

それからもちろん鮭。味つけをするので生鮭がいい。播上がそうしろと言うので、サシが白くくっきり入った切り身を選ぶ。

そして調味料、味噌や醬油はさすがに常備してあるから、他に必要らしいみりんとバターだけ買い足した。みりんは小さなサイズがよかったのにそこのスーパーには見当たらず、仕方なく三百ミリリットルのペットボトルで妥協した。これだけの量、ちゃんと使いきれるかどうか不安が残る。

買い物を終えて帰宅した後、早速キッチンに立ってみた。我が城のキッチンはあまり使われていないせいもあり、住み始めて二年目だがきれいなものだ。あまり広くない調理台に買ってきた材料を並べると、とりあえずやる気は湧いてくる。

「……よし、作るか」

西日射し込むキッチンにて、決意の独り言と共に作業開始だ。

『まず鮭の切り身に塩コショウを振っておく。キャベツは食べやすいようにざく切り、玉ネギは薄切り、キノコ類は石づきを取ってほぐしておく』

播上レシピは簡潔でわかりやすい。僕はスマホをキッチンに立てかけ、レシピの指示通りにキャベツや玉ネギを切っていった。しかし、キノコをほぐしたところではたと気づく。

パプリカはどんな感じで切るのがいいんだろう。ピーマンによく似ているし、同じイメージでいいのだろうか。

聞くは一時の恥という。僕は一旦作業の手を止め、播上にメッセージで尋ねてみた。

折り返しの返信は五分もしないうちに来た。

『食感を楽しみたいならくし切り、しっかり火を通したいなら薄切りかな。個人的には薄切りオススメ』

播上先生は頼りになるな。

お薦め通り、パプリカは薄切りにしておいた。正直、くし切りがどんな切り方かわからなかったのもある。

『調味料は先に合わせておく方が慌てなくていい』

とのことなので、指示に従って味噌、みりん、砂糖などを合わせておく。普段はあまり出番のない大さじ小さじを駆使して調味料を量り、ぐりぐりと混ぜ合わせた。

これで下準備は終了、あとは焼いていくだけだ。

ガスコンロの火を点けてフライパンを熱し、温まってきたらサラダ油を引いた。

そしてまずは鮭の切り身を焼く。

『鮭の切り身は皮から焼く。色が変わったらひっくり返し、両面が焼けたら野菜を乗せて、調味料を回し入れ、蓋をする』

フライパンの上で鮭がじゅうじゅうと音を立て始め、すぐに香ばしい匂いが漂い出す。滲み出る脂が焼ける皮を弾くようにぱちっと鳴る。フライ返しを使って身をひっくり返せば、銀色の皮には既にいい感じの焦げ目がついていた。

とはいえちゃんちゃん焼きは焦がしすぎてもよくない。味噌はただでさえ焦げやすいそうなので、ここからの作業は慎重に――というのも、播上レシピから習ったことだ。

鮭の両面が焼けたらその上に野菜を載せ、蒸し焼きにする。合わせておいた味噌ダレもここで投入。

「回し入れるって難しいな……」

合わせた調味料が思ったより固めのテクスチャーで、回し入れるというよりは野菜の上に乗っけただけ、になってしまった。それでも蓋をしてしばらく蒸すと、味噌ダレと蒸された野菜の香りが混ざり合ってキッチンを満たし始める。懐かしい、ちゃんちゃん焼きの香りだ。

野菜がしんなりしたら蓋を取り、最後にバターをひとかけ乗せて、溶かしながら混ぜ合わせれば完成。

「うわ、美味そう……！」

味噌の香りにさらにバターが加わって、たまらなく美味しそうな匂いが漂ってくる。野菜はどれもイメージ通りのくたくた具合だし、鮭の身もふっくら焼き上がっていた。

ちょうどご飯も炊けたので、早速いただくことにする。

今日の夕飯は白米と鮭のちゃんちゃん焼きのみ。ついでに味噌汁くらい作ればよかったかなとも思ったが、早く食べたい気持ちの方が勝ってしまった。

「おっと、食べる前に物撮り(ぶつど)りしないと」

播上に報告するため、ちゃんちゃん焼きの撮影を先に済ませておく。ライティングにこだわる余裕もないし、器も普段使いの地味な大皿だったが、スマホの画像加工機能のお蔭でどうにか美味そうに撮れた。そのまま送信すると、播上からはすぐさま返信があった。

『すごくよくできてる。美味そうだ』

先生からのお褒めの言葉、いただきました。

こちらもお礼と、また何か作りたくなったらレシピよろしくと添えて返事をしておく。

それから改めて、両手を合わせて料理と向き合った。

「……いただきます」

鮭の身を軽くほぐしつつ、野菜と共に口へ運ぶ。たちまち味噌とバターの香ばしい味が広がった。実家の夕飯で、小学校の給食で、そして居酒屋なんかでもよく食べた、あの懐かしい味だ。ほくほくの鮭とよく火が通ったキャベツや柔らかくなった玉ネギ、それにぷりぷりした食感のシメジやしゃっきりしたパプリカは、どれも濃いめの味つけがよく馴染んだ。炊き立てご飯との相性も抜群で、どんどん箸が進む。

思った以上に上手くできたな。播上の教え方がいいからだろうが、手順も少なく簡単だった。『ちゃちゃっとできるからちゃんちゃん焼き』なんて由来の説もあるくらいだから、もともとそう難しくない料理なのかもしれない。

そういえば、と食べながら思う。

芹生さんもちゃんちゃん焼き、食べてみたいって言ってたよな。彼女にも作り方を教えてあげようか。どんな感じのメニューかを見せるために、月曜日にでも弁当として持っていって――まさか僕が手作り弁当を持参する日が来るとは思わなかったが、この出来映えならまあ及第点だろう。元気になれた報告も兼ねて、見てもらうことにしよう。

こういうのがいわゆる『メシ友』ってやつなのかな、などと札幌にいる友人たちに思いを馳せてみる。

月曜の朝、僕は五時に起きてお弁当を作った。

普段はなかなかすっきり起きられないのに、こういう時はちゃんと目が覚める。子供の頃から遠足やら運動会やら、イベントごとのある日には自然と早起きをしたものだ。といっても今日はなんら特別な日ではなく、ただ単に初めてお弁当を作って、会社に持っていく日というだけだが。

鮭のちゃんちゃん焼きは二度目の挑戦、しかも材料は前の晩のうちにほとんど切って、あとは焼くだけの状態だった。お蔭でそう手間取らずに仕上げることができた。味見をしてみたらしっかり美味しくできあがっている。

手間取ったのはむしろ弁当箱に詰める段階だった。日曜日にまた出かけて買ってきたランチボックスはネイビーブルーのオーバル型一段だが、ご飯とちゃんちゃん焼きを詰めてみたところ、思ったより隙間ができている。確かにご飯とおかず一品というのはお弁当としてもかなり貧相だろうが、普段あまり料理をしない人間なのでこういう時にさっと詰めるもう一品が思いつかない。

「うーん……」

冷蔵庫にあるのもちゃんちゃん焼きの余り野菜、あとは買い置きの卵があるだけだ。こういう時、播上だったらささっと作れるおかずでも思い浮かぶのだろうが、あいにく僕に作れそうなのは卵焼きくらいだった。いや、実を言えば卵焼きすら作るのは初めてだ。

でも、ちゃんちゃん焼きが作れたんだ。なんとかなるだろう。

僕は卵二つをボウルに割り、箸でざっと掻き混ぜる。味つけは砂糖のみ。うちの実家の卵焼きは甘かったし、他の調味料は入っていなかった、はずだ。フライパンに卵を流し入れ、焼けて固まってきたら手前側に巻き込むように箸でまとめる。これが言うほど簡単ではなくて、上手く形になるまでもたもたしていたら少し焦げついてしまった。とはいえ少し冷ましてから包丁を入れると、割といい感じの断面になった。

鮭のちゃんちゃん焼きの隣にアルミホイルに包んだ卵焼きを入れると、お弁当として体裁が整ったように見える。ご飯の白と卵の黄色、それにパプリカやキノコやキャベツが入った鮭。まあまあの彩りじゃないだろうか。

「……よし」

一応、これも写真に収めた。あとで播上に送ってやろうかな。

お弁当と達成感を携え、僕は意気揚々と出社した。

前に勤めていた札幌支社には専用の社員食堂が存在していたが、本社は複合ビルをテナント契約している都合上、社内に食堂はない。食事を取る休憩スペースはもちろんあるし、そもそも階下は広大な商業施設だからレストラン街には和洋中カレーに麺類と一通り揃っている。ただこういうところのご飯は、上京二年目の僕にとってはなかなか驚きのお値段だったりするので、日々の昼食をどうするかという問題はささやかながら悩みの種になっていた。

もしお弁当作りが板についてきたら、ひとまず昼のレストラン街を財布持ってうろうろ歩く悩みからは解放される。しかし今朝みたいな早起きとお弁当作りを毎日こなすのは決して楽なことじゃないだろう。播上や清水さんみたいに続けられるか、と考えるとさすがに難しい気もした。

とはいえ、今日はお弁当がある。先々のことはさておき、今を楽しむことにしよう。

総務課に入ると、まず先に来ていた芹生さんの姿が目に留まった。

「おはようございます、渋澤さん」

振り返るなりお辞儀をする彼女は、いつも通りのスーツ姿でアイメイクも控えめだ。涼しげな目元がふっと優しく微笑んできたから、僕もすかさず笑い返す。

「おはようございます。……金曜日はありがとう」

感謝の言葉を添えると、芹生さんはかぶりを振ってから言った。

「どうですか？　調子は」

他の社員に聞こえまいとしてか、小声での問いかけだった。

だから僕も囁くように応じる。

「お蔭様ですごく元気。実は今日、お弁当作ってきたんだ」

　芹生さんが怪訝そうにしたので、説明を付け加えた。

「この前話してた、鮭のちゃんちゃん焼き」

　金曜夜の話を彼女が覚えていなかったら困るな。そう思ったのも一瞬の杞憂で、芹生さんは素晴らしいプレゼントをサプライズで贈られた人みたいに口元を両手で覆った。

「ぜひ拝見したいです！」

　思わずといった様子で張り上げた声は、当然ながら総務課内に響き渡って居合わせた他の社員が一斉にこちらを向く。芹生さんはもう一度、今度は違う意味で口を押さえた後、周囲にぺこぺこと頭を下げた。それが済んだ後、改めて僕に告げてくる。

「渋澤さんが作られたんですか？　すごいですね」

「すごくはないかもしれない。初心者の作品ってことで、ハードル下げておいてくれると助かるな」

　僕は謙遜半分、本音半分でそう言っておいた。芹生さんがそれに真面目な顔で頷いていたのが面白かった。

その日の昼休み、僕と芹生さんは社内にある休憩室で落ち合った。

休憩室は札幌支社にあった社員食堂とは違い、休憩時の食事以外の目的でも使用されることがある。来客対応をここでしているのも見かけたことがあるし、年末の納会もここでケータリングの食事や飲み物が振る舞われていた。普通の椅子席の他にソファー席、さらには間仕切りで区切られたスペース内の対面テーブルなど、多種多様な設備が用意されていて、しかも全面ガラス張りの窓からは東京の街並みが見下ろせる。

高層ビルからの眺めは確かにとても素晴らしいが、僕にとっては一年経ってもまだ見慣れない景色だった。これが札幌だったら区画が碁盤の目になっているから、どこに何があるか見下ろしただけですぐわかるのに。

「いいお天気ですね」

僕が窓の方を見たからか、芹生さんが話しかけてくる。

彼女は僕より先に休憩室へ来ていて、窓際の眺めのいい席を取っておいてくれていた。少し遅れて行った僕を見つけると、立ち上がってお辞儀と共に出迎えてきた。休憩中もずいぶん畏(かしこ)まるんだな、と思う。

「ああ。梅雨入り前ってあまり雨降らないんだね」

「もうじき、毎日のように降りますよ。『霖雨（りんう）の候』が時候の挨拶になる時期です」

「りんう？」

聞き慣れない言葉を、彼女は宙に文字を書きながら教えてくれる。

「雨かんむりに林で『霖』。長雨の季節という意味です」

霖雨の候、か。なんとも美しい言葉だ。

感心する僕に、芹生さんがふと興味深そうな顔をする。

「そういえば、北海道には梅雨がないんですよね」

「ないよ。と言っても、六月に雨が全く降らないわけじゃないけど」

北海道でも六月辺りにまとまった雨が降ることがあって、初夏の冷たい雨に打たれながら僕は『梅雨ってこんな感じなのかな』などとイメージを膨らませていた。つまり、北海道に『霖雨の候』はないとも言える。

東京に来てみてわかったが、実際の梅雨はまとまった雨なんて感じじゃない。長々と、だらだらと続く雨だけの季節。そんな調子だった。

「北海道って過ごしやすそうでいいですね。天気予報を見たらすごく涼しそうで、羨ましくなりました」

「この時期は確かに過ごしやすいかもしれないな。ちょっと寒いくらいか」

寒さが堪える年頃のうちの祖母は、五月くらいまでなら余裕でストーブを焚いている。ライラックの咲く季節に冷え込むから『リラ冷え』という言葉もあるくらいだ。

そういえば東京ではライラックの花を見かけないな。そんなことを思いながら、僕はお弁当箱を取り出した。

同時に芹生さんも小さな手提げ袋の口を広げる。中から取り出されたのはコンビニのおにぎりとサラダだった。おにぎりは二つ、昆布とツナマヨだ。

こちらの視線に気づいてか、彼女がはにかみ笑いを浮かべる。

「私は買ってきたものでお恥ずかしいんですけど……」

「そんな、恥じることないよ。僕だって今日はたまたま作ってこれただけだ」

僕は笑って、それからお弁当箱の蓋を開けた。

その中身だって自慢できるほど立派な品揃えではない。ご飯とおかずが二品というシンプルなお弁当だから、芹生さんに見せる時は少しだけ恥ずかしくなった。

「あ、これがちゃんちゃん焼きですね。美味しそう！」

もっとも、芹生さんは笑顔でそう言ってくれたから、とりあえずはほっとする。

「この間話した友達にレシピ教わって、作ってみたんだ」

「播上さん、でしたよね」

彼女が播上の名前を覚えていてくれたのは驚きだったし、嬉しかった。この間、少し話しただけだったのにな。

「作るの難しかったですか？」

「いや、思ったより簡単だったよ。鮭を焼いて、その上に野菜を重ねて蒸すだけだから」

「へえ……本当に美味しそうですね……」

僕の説明の間も、芹生さんの目はじっと一点を見つめていた。視線の先にあるのは僕の真新しいお弁当箱、その中に詰められた鮭のちゃんちゃん焼きだ。

この間もレシピが知りたいと言っていたし、興味があるメニューなんだろうな。そう思って、声を掛けてみる。

「一口食べる？」

途端に彼女は我に返り、大慌てに慌てて両手を振ってきた。

「意地汚い真似をしてしまってすみません！　どんな味がするのかなって興味が

あったけで、催促するつもりは……！」

「興味あるなら尚更食べてよ。別に意地汚いなんて思ってない」

郷土料理なんてどうしたって珍しいものだろうし、ましてお腹が空いていれば食べてみたくもなるだろう。僕は箸を取り、お弁当箱の蓋に鮭の切り身を一切れ取り分け、彼女に差し出す。

「よかったらどうぞ。口に合うといいけど」

「あ、ありがとうございます……！」

いくらか申し訳なさそうに、芹生さんはそれを受け取った。

そしてすらりとした両手を合わせ、

「いただきます」

と言った後、割り箸を手に取って鮭をほぐし、口に運ぶ。

僕は凝視しないようにしつつ、だが横目で窺ってそわそわしていた。思えば自分で作ったものを他人に食べてもらう機会なんてなかった。鮭のちゃんちゃん焼きは今日もきれいに蒸し上がって、朝のうちに味見した時も問題ない出来だったが、僕以外の人がどう思うかは自信がない。味噌バター味は芹生さんの口に合うだろうか。

彼女は食べるなり、静かに目をつむってみせた。まるで音楽でも鑑賞するみたいに目を閉じたまま味わった後、ぱっとこちらを見てしみじみと唸る。

「美味しいです……！」

「そう？　口に合ってよかった」

ほっとする僕の目の前で、芹生さんは頬に手を当て、余韻を楽しむようにまた目をつむった。

「鮭のちゃんちゃん焼き、これが北海道の味わいなんですね……こっくり濃いめの味つけで、ご飯ともすごく合いそうです！」

まるで感激するみたいに言ってくれるものだから、こちらとしても嬉しいやら照れるやらだ。こんな初心者の手作り弁当でも美味しいと言ってもらえるなんて。

せっかくなので鮭と一緒に、蒸し焼きにした野菜も少しあげる。キャベツや玉ネギ、シメジ、パプリカといった野菜も芹生さんはじっくり味わい、美味しい美味しいとべた褒めしてくれた。

「お野菜があるとより鮭の味が引き立ちますね。食感が全部違うのがまたいいです」

料理評論家みたいな真面目なコメントに、僕もちょっと楽しくなってくる。

「作りたての熱々なやつはもっと美味しかったんだ」

「そうなんですね！　一度、出来たても食べてみたいものです」

「よかったら作り方教えるよ。僕も教わったばかりだから」

「ありがとうございます。できれば自分でも作ってみたいです」

芹生さんは決意の表情を浮かべてそう言い、また鮭を食べた。買ってきたおにぎりと合わせて味わっていたから、相当気に入ってもらえたようだ。これも播上レシピのお蔭だろう。

僕もいい気分で、まずは今朝慌てて作った卵焼きに手をつける。一切れ頬張ってみれば、程よく冷えた卵焼きは卵の味しかしない。甘みも何もない。そういえばこっちは味見をしなかったっけ。

「……どうかしましたか？」

僕の表情の変化を見て、芹生さんが心配そうな顔をする。

よく言って素朴な味わいの卵焼きを飲み込んだ後、僕は答えた。

「卵焼きの味つけを間違えた。全然甘くないんだ」

「お砂糖入れ忘れちゃったんですか？」

「こっちは作り方わからなくて、見様見真似だったんだけど」

次の機会には播上からちゃんと習っておこう。やっぱりレシピを見ないのはよくない。

「ちゃんと作り方習っておくべきだったな……」

不承不承残りの卵焼きをやっつける僕に、芹生さんは笑いかけてくる。

「でも、鮭のちゃんちゃん焼きは本当に美味しかったです。初心者だって仰(おっしゃ)った上でこれだけ作れるなら、きっと他のメニューだってすぐ上手になりますよ」

こんな小さな失敗にさえ、不思議なくらい親身になって励ましてくれるのか。

虚を突かれた僕に、彼女は心のこもった口調で続けた。

「論語にもありますよね、『之を知る者は之を好む者に如(し)かず』って」

「ろ、論語？」

日常会話に論語が出てくる人は珍しいと思う。しかもすらすら言ってのけた。

ただその言葉が温かい思いやりに溢れていたことは僕にもわかる。こうして話をするまでは、芹生さんは完璧すぎて近づきがたい人だと思っていたが、全くの見当外れだった。彼女は気遣い上手でとても優しく、親しみやすい人だ。

「……確かに、食べたいものを作り続けてたら、いつかは上手くなれるか」

「ええ。渋澤さんならできますよ」

芹生さんが優しく背中を押してくれる。そうすると、頑張って続けてみようかななんて考えが頭をもたげてきた。

やる気になってきた僕の前で、芹生さんは残りのちゃんちゃん焼きを大事そうに食べている。まるで子供みたいに屈託のない笑顔を浮かべ、時々うっとりと目をつむって静かに味わっている。その満足そうな様子に、こちらも自然と笑顔になれた。

料理って結構楽しいものだな。普段は見られない顔が見られるんだから。

2、十勝風豚丼とサヤインゲンのお煮しめ

「卵焼きの作り方を教えて欲しい」

やぶからぼうの僕の頼みに、電話の向こうの播上(はたがみ)は驚いたようだった。

『卵焼きだって？』

「そんなのも作れないのか、って思ったか？」

『いや、そうじゃないけど』

「そんなのも作れないんだよ。この間作って、失敗した」

僕は播上に先日の顚末(てんまつ)を打ち明ける。鮭のちゃんちゃん焼きは文句なしに美味しく作れたのだが、お弁当の隙間を埋めようと急いで作った卵焼きは失敗作だった。卵の味しかしなくて、ご飯のおかずになるものではなかった。

「ほぼオムレツみたいな、卵味の卵焼きだった」

打ち明け話をそう締めくくると、さすがの播上も短く笑う。

『ケチャップでもあれば美味しく食べられそうだけどな。渋澤、砂糖はどのくらい入れた？』

「小さじ一つ。卵は二つ使った」

『確かにそれじゃ薄味だな』

播上曰く、卵焼きなら卵一つに砂糖は大さじ半分から一杯程度がちょうどいいそうだ。僕はその説明をきちんとメモに書き留めた。

『あと、塩もちょっと入れる』

「塩？　ちょっとってどのくらいだよ」

『食卓塩をひと振りくらいでいいよ。ほら、お汁粉も塩を入れたら甘さが引き立つだろ』

「お汁粉って塩入れるのか？　それすら知らなかった」

実家では冬至となると必ずカボチャのお汁粉を作る。茹でたカボチャがごろごろ入ったほっくり甘いお汁粉も、北海道でのみ食べられている郷土料理らしい。とはいえ実家を出てからというもの、自分で作ろうと思ったこともなく、もちろん作り方だって知らない。

『スイカに塩を振るのも同じことだ』

「ああ、それならわかる」

『料理の味つけって共通項が多いんだよ。同じ味つけをいろんな献立に応用できる』

　それから僕は播上に卵焼きの生地の焼き方も教わった。卵を溶いて砂糖と塩を加えたら、油を引いたフライパンに二度に分けて卵液を流す。卵液は二度に分けて入れるときれいに焼けるそうだ。一度目の生地がある程度焼けたら手前にまとめ、二度目を流し入れて同じように焼く。焼き上がったらアルミホイルなどで包んで形を整えると、お弁当にも詰めやすくなると聞いた。

『本当は巻きすがあればぴったりなんだけど、渋澤の家にはないよな』

「ないな。アルミホイルはぎりぎりある」

　そもそもお弁当箱すら最近購入したてだ。キッチン用品は必要最低限のものしか揃えていない。

「料理するなら、そういうものも買っといた方がいい？」

　僕が尋ねると、播上は穏やかな声で応じる。

『道具はあれば便利なこともあるだろうけど、代用が効くものも多いからな。必要になってからでもいいんじゃないか』

「それもそうか。まあ、僕の自炊もどれだけ続くかわからないし」

『続けるつもりがあるのか？』

「可能なら続けたいとは思うよ。今の職場、社食がないからさ」

毎日お弁当を持っていけたら店を探し回る時間を節約できるし、上手くやれば食費だって削れるだろう。

何より、食べたいものを自分で作れるようになりたい。東京では食べられないもの。この一年くらい、ずっと食べていなかった故郷の味を。

「今は他に趣味もないしな。料理を趣味にでもしようかな」

大きく肩を竦めたところで播上には見えるはずもない。でもそうせざるを得なかった。

『そうだっけ？　渋澤、車は？』

播上が怪訝そうな声を上げたので、そういえば話してなかったっけと思う。

「東京には持ってきてないんだ。こっちの人はあんまり乗らないって聞いたから」

『えっ、そうなのか？』

「ああ。親戚の子に譲っちゃって、今は独り身だ」

札幌にいた頃は愛車があった。シルバーのクーペは大学時代に購入した相棒で、休みの度にぴかぴかに磨いてやったし、日帰りで遠出に付き合ってもらうこともよくあった。車社会の北海道ではあいつなしではやっていけなかったし、お蔭でいろんな楽しい思い出を作れたなとしみじみしてしまう。

東京に来る時も連れていこうかどうかとても迷った。僕にとっては一番の趣味であり、休日を過ごすにあたって欠かせない存在でもあったのだが、本州へ運ぶには輸送費がかさむこと、駐車場付き物件もなかなかないこと、東京都心は公共交通機関が充実しているから車がなくても平気だという話も聞いて、ちょうど従弟（いとこ）が免許を取って中古車を探しているというタイミングもあったので、北海道へ置いていくことにした。

実際、こちらへ移り住んでみれば本当に電車乗り継ぎだけでどこへも行ける。それに都心の道路状況を見ても、こっちで僕が愛車を、札幌にいた時と同じように乗り回せたかどうかは疑問だった。本州は北海道より道路が狭い。

だが、後悔していないかというと――。

「たまに、一緒に来てもよかったかなって思うことあるんだよな」

僕は正直に、今の気持ちを零した。

「都心の道路は運転しづらいとか、そもそも車なくても生活していけるとかって話は聞いててさ、確かにそれも本当だった。でも便利かどうかって次元じゃなく、愛車がないのは純粋に寂しい」

『それはそうだろ』

　播上の声もわかりやすく同情的だ。

『ずっと乗ってたんだから、なくなったら寂しくなるのは当たり前だよ。渋澤にとっては大切な存在だったんだろうし』

「ああ……思い出だってたくさんあったよ」

　慰めの言葉に誘われて、少しセンチメンタルな気分になる。部屋のソファーにもたれかかって目をつむると、あのクーペのシートの座り心地が蘇ってくるようだ。一人遠乗りしたはいいが悪天候に阻まれて、パーキングエリアでシート倒してふて寝したこともあったっけ。

「前に帯広までふらっと出かけたことがあってさ。由仁の辺りですごい雨に降られてパーキングエリアで止むのを待ったんだよ。車の中でボンネットを叩く雨の音聴きながら……」

　そこまで語ったところで、

『帯広⁉　札幌からだとかなり遠くないか？』

　播上が素っ頓狂な声を上げる。

「大した距離じゃない。高速乗ってもたった二百キロだ」

『たった二百キロって……三時間以上も車乗るのきついよ』

「僕は気にならないな。帯広なんて日帰りの距離だよ」

『一人で行ったのか？　何しに？』

「ああ、豚丼食べたかったからな」

『豚丼なら札幌にだって店あるだろ。わざわざ遠出しなくても……』

車を持っていない播上は度肝を抜かれた様子だったが、それは違う。美味しいものは本場で食べたいものなのだ。それが日帰りで行ける範囲内にあるっていうなら行くしかないじゃないか。

今度はあの時の豚丼の味を思い出す。器からはみ出るほど大きな豚肉が炭火で香ばしく焼かれていて、甘じょっぱい醤油ダレをこってり絡めているからご飯が進んだ。

やっぱり本場で食べる料理は違うものだ。この間食べたジンギスカンだって、美味しくはあったが北海道で食べるのとはどこか違った。お蔭でますます帰りたくなった。

「そうやって美味しいものを食べ回りつつドライブ、っていうのが好きだったんだよな。東京に来てからは一度もしてないけど」

やろうと思えばレンタカーを借りてでもできるのかもしれない。だがあのお気に入りだったクーペはもう僕のものじゃない。そのことが今更ながら寂しかった。

『それで、新しい趣味を探してるのか』

「そういうこと。ほら、料理なら身近にいい先生がいるからな」

『身近にか……まあ、レシピを教えるくらいならできるけど』

播上はどこか複雑そうに笑う。

『どうせなら、こっちにいるうちに聞いてくれたらもっと教えられたのに』

全くだと僕も思った。そしていっそう寂しくなる。

僕は、北海道にいろんなものを置いてきてしまったようだ。お気に入りだった愛車も、気の合う友達も。

『じゃあ、卵焼きのレシピを後で送るよ。他には何かあるか？』

「そうだな……」

寂しくたってお腹は空く。ちょうど食べたいメニューがあった。

「十勝(とかち)風豚丼って作れるか？」

『もちろん。教えるよ』

播上先生は期待を裏切らない即答だった。さすがだ。

僕は播上から豚丼のレシピを習い、試しに作ってみることにした。

さすがに炭火なんて用意できなかったので、普通のフライパンで焼くだけだ。豚肉は播上のお薦めで肩ロースを選んだ。

調理自体の手順はそう難しくない。適当に筋切りをした豚肉を両面焼いたらタレと絡めるだけ。ただタレを香ばしく仕上げるため、一旦煮詰める手間がある程度だ。醤油、みりん、砂糖を合わせたタレを肉を焼いたフライパンに入れ、ふつふつ煮立ってとろみが出てきたら焼いておいた肉と絡める。あとは照りよく仕上げるだけ――その『照りよく』のタイミングがわからなくてちょっとだけ焦がしてしまったが、許容範囲内だろう。

「……これは美味しくできたな」

職場の休憩室で、僕はこっそり呟いた。

濃厚で甘みの強いタレはご飯がいくらでも食べられる味つけだ。肩ロース肉は冷めても柔らかく、よく絡んだタレの甘辛さもあって一枚、また一枚と次々に箸が進む。あまりにいい出来なので昨夜の夕飯にしただけでは飽き足らず、お弁当にも詰めてきた。まさか僕が播上みたいな弁当男子になる日が来るとは――などと、まだ二度目なのに調子に乗ったことを思ってみる。さすがに作りたて熱々には敵わないが、冷めた豚丼もお弁当のおかずとしては優秀だった。

本日のメニューは豚丼の他、これも播上から教わった卵焼き、そして野菜が欲しかったので茹でたホウレンソウを添えてみた。彩りもよく、二度目とは思えない素晴らしいお弁当ができたと思う。自画自賛。

卵焼きも今日は美味しく作れた。播上の言う通り、ちょっとの塩が甘さを引き立ててくれるのがよくわかる。冷めた卵焼きはしっとりしていて、優しい味がした。

休憩室の大きなガラス窓からはどんより厚い雲に覆われた空と、雨に濡れた街並みが見える。高層ビルと言っても雨雲を突き破れるほどの高さはなく、目を凝らせば窓にもぽつぽつと雨粒が付着していた。ニュースによれば、今日明日にも関東で梅雨入りが宣言されるだろうとのことだ。職場の人達もしきりに『梅雨は憂鬱だ』と口にしていて、僕も全く同じ気持ちでこの雨模様を眺めている。

東京で迎える二度目の梅雨。北海道にはなかったこの風物詩は、今年もやっぱり鬱陶しい。

溜息をつきかけたところで、静かだった休憩室の入り口に朗らかな声が響く。

「ほな芹生(せりう)さん、今度絶対ご飯しよね！」

「うん、今日はごめんね。また誘って」

「誘う誘う！　芹生さんに来てほしいって子たくさんおるから」

入り口に現れた女子社員二人のうち、片方はぺこりと頭を下げた芹生さんだ。もう一人は営業課の――あの関西弁は確か、千鳥(ちどり)さんという人だったと思う。芹生さんとは同期らしく、そういえば社内で一緒にいるところをよく見かけた。千鳥さんは芹生さんに笑顔で手を振り、踵(きびす)を返して休憩室を出ていく。芹生さんはそれをきちんと見送った後、僕のいるテーブル席の方へ歩いてきた。前にも見た小さな手提げを持っているところから、ランチに誘われたが昼食を持ってきたので断らざるを得なかった、という状況のようだ。

別に理由もなくそちらを眺めていた僕に、やがて彼女も気づいたようだ。

僕が一人で座るテーブルまで近づいてきて、少し心配そうに微笑みかけてくる。

「渋澤さん、今日もお弁当を持ってこられたんですか？」

彼女は近頃、何かと話しかけてくれるようになった。どうも僕のことを気にかけてくれているようだ。

「うん。播上にいいレシピを教えてもらったから」

「すごいですね、ちゃんと続いてて」

芹生さんは音の鳴らない拍手をした後、困ったように笑う。

「私、せっかく教わったちゃんちゃん焼きをまだ作ってないんです。なかなか料理をする余裕がなくて」

そういえば前にも言っていたな。仕事を終えて帰ったら、くたびれてすぐ寝てしまうって。

「今日も結局、お昼はコンビニで買ってきました」

「さっき、営業の千鳥さんにランチ誘われてなかった？」

「あ、聞こえてました？　そうなんです、誘ってもらったのに断るしかなくて……」

弁解でもするみたいに手提げを掲げた芹生さんが、ばつが悪そうに続ける。

「楽することばかりに心が向いていて駄目ですね。もうちょっとしっかりしないと、渋澤さんだってレシピを教えてくださったのに」

「疲れてるならしょうがないよ」

教えたから必ず作ってくれ、なんて思うはずがない。僕は笑って彼女に告げた。

「僕だって食べたいものを作ってるだけだし、毎日作れてるわけでもないから。

自慢できるほどじゃない」

これが毎日持ってきているなら胸を張ってもいいはずだが、僕ときたらたった二度のお弁当持参で『弁当男子』を自称しだす有様だ。全くもって威張れない。

「お弁当を持ってこられるだけでも立派だなって思いますよ。材料を買いそろえて、キッチンに立って料理を作って、お弁当箱に詰めて、使い終えたお皿や調理器具を洗って……そういう手順を全部こなすのって本当に大変だって、いつも痛感しているんです」

芹生さんがあまり褒めてくれるので、なんだかこそばゆくなった。

でも彼女の言うこともわかる。僕も二度お弁当を作ってみて、家で一人でする食事とはまた違うなと感じていた。外へ持っていくならある程度は見映えや彩りも気になるし、用意するのも出勤前だからもたもたしてもいられない。早めに作って粗熱（あらねつ）を取ってからじゃないと蓋もできないし、お弁当ならではの手順もあって大変だ。

だから芹生さんの言葉が嬉しかった。

彼女と話すようになって気づいたのは、すごく褒め上手な人だってことだ。

「ところで、今日は何を作られたんですか？」

いい気分のところに、芹生さんがそう尋ねてきた。

「豚丼だよ」

と答えてから、これだと本州の人は牛丼の豚肉バージョンだって思うかもしれないと気づき、言い直す。

「十勝風豚丼なんだ。知ってるかな」

「――十勝の豚丼！」

芹生さんの顔色がさっと変わった。

休憩室にいた何人かがこちらを振り返り、芹生さんは慌てて四方に頭を下げる。だが僕に改めて向ける表情は硬く、当然ながら僕は戸惑うしかない。

「えっと……どうかした？」

すると芹生さんは重々しく答える。

「私、豚丼には悲憤慷慨(ひふんこうがい)の因縁があるんです」

「い、因縁？」

何やら難しい言葉と物騒な単語が飛び出してきた。僕はますます当惑し、芹生さんは悲しげに続ける。

「実は、高校時代に北海道へ行く予定があったんです。修学旅行で」

「そうだったのか」

頷きかけて、待てよと思った。

芹生さんは以前、北海道には一度も行ったことがないと言っていた——まさか。

「一日目は札幌で歴史的建造物巡り、二日目は十勝で農業体験、そして最終日は釧路でタンチョウヅルを見る予定だったんですが……」

予想通り、芹生さんの表情はそこでことさらに曇る。

「旅行前に怪我をして、私、参加できなくなっちゃったんです」

「うわ……かわいそうに」

「本当にその時のことが残念で、悔やんでも悔やみきれなくて……！」

高校時代の修学旅行となると、彼女にとってももう五年以上は昔の話だろう。だが芹生さんは未だに悔やんでいるようで、まるで最近の出来事みたいにがっくりと肩を落とした。

「十勝では豚丼を食べる予定だったんです……。私、パンフレットで写真を見た時から本当に食べたくて食べたくてしょうがなくて、夢にまで見てたんです。どんぶりからはみ出るぐらいのお肉ですよ、絶対美味しいだろうと思って、食べたかったのに……」

めちゃくちゃ食べたそうだ。気持ちはわかる。

「怪我って、なんとか参加できないくらい酷かったの？」

「はい……私バレー部だったんですけど、練習で右手首を骨折しちゃって。さすがに許可が下りなくて」

骨を折ってたんじゃ無理か。そうだよな。

なるほど、因縁というのもよくわかる。夢に見るほど食べたかった料理なら尚更だろう。

「修学旅行中、友達がマメに写真撮って送ってくれたりしたんです」

当時の記憶が蘇ったか、芹生さんは非常に悲しげに続けた。

「羊ケ丘の威風堂々たるクラーク博士像とか、十勝平野の果てしない眺めとか、牧場の牛のきらきらした瞳とか……ところどころにすごく楽しそうな同級生たちが写っていて嬉しかった半面、辛かったです」

「一緒に行けないのは確かに寂しいよな」

もちろん、友達は親切でやってくれたんだろう。だが留守番の彼女にとっては、写真を見ても疎外感が増すだけだったのかもしれない。

「豚丼の写真も送ってくれたんですけど、それが写真越しでも本当に美味しそうで……こってりしたタレの照り具合もお肉の焼き目もすごくよく撮れてて、見てるだけでお腹が空いてきちゃって」

「本当にすごく食べたかったんだな……」

最早そこまで行くと拷問に近いな。芹生さん、かわいそうに。

「唯一よかったことといえば、仲いい子がお土産買ってきてくれたんです。バターサンドを」

バターサンドは北海道を代表する銘菓の一つだ。レーズン入りのバタークリームをビスケットで挟んだお菓子は、お土産としても人気が高い。そしてもちろんとびきり美味しい。

「あれは美味しいよな。僕も好きだよ」

「はい、すごく美味しかったです。でもやっぱり豚丼、すごく食べたかったので……」

美味しいお菓子のお土産も、彼女の心を癒すことはできなかったようだ。

かと言って、『じゃあいつか北海道行って食べておいでよ』なんて声を掛けるのは違うだろう。札幌帯広間と違って東京からはもっとずっと遠く、思いつきで出かけられるような距離じゃない。それに修学旅行の思い出は一生ものだ。大人になってからやり直しても別の楽しみ方はできるはずだが、あの頃の青春の輝きが戻ってくることはない。

「すみません、なんかいろいろ思い出しちゃって語ってしまいました」

僕に打ち明けたら少しはすっきりしたのだろうか。そう話す芹生さんの顔は吹っ切れたように見えたが、同時に諦めの色もありありと窺えた。

「あの頃の思い出は全部、写真に収めたみたいに鮮明に覚えているんです。瞳を閉じれば五感全てで蘇ってくるほどに、印象深い学生時代でした。だからでしょうか、唯一とも言える欠けたピースが今でも悲しくて、悔しくて……恥ずかしい話ですけど」

芹生さんがどんな人なのか、まだせいぜい二ヶ月の付き合いである僕には全然わからない。勤務中は隙のない完璧さできびきび働き、でも同僚を気遣うきめ細やかさも持ち合わせていて、美しい言葉を話す人で――それらは同じ職場で働く人間として知りうる最低限の情報でしかなく、彼女の全てではないのだろう。

だから今、目の前で諦めの微笑を浮かべる彼女が妙に新鮮に見えた。小さな子が親に遠慮してわがままをぐっと飲み込んでいるような、そういう幼い表情だ。

その顔を見たら放っておけない気がして、僕は言った。

「よかったら、また作ってこようか」

今日の豚丼はいい出来だった。同じものが作れたら、芹生さんにも喜んでもらえるかもしれない。

いや、それはさすがに思い上がりか。素人の作った料理が修学旅行という素晴らしい思い出になるはずだったものを超えられるはずはない。とっさに口にしてしまったとはいえ、さすがに思い上がった申し出だった。

芹生さんがきょとんとしたので、慌てて言い添える。

「あ、素人クオリティの手料理だから本物そっくりってほどじゃないよ。雰囲気だけ味わえる程度。それでもいいなら、だけど」

そんなふうに言えば芹生さんも迷うだろうと思ったが、予想に反して彼女はきりりと真面目な顔になった。

「いくらお支払いすればいいですか？」

「まさか！　お金いただけるレベルじゃないよ」

「こちらこそタダで食べさせていただくわけにはいきません！」

きっぱりと言い切る様子からして、彼女はどうしても豚丼が食べたいらしい。

それはもちろんわかっていたが、こんなに食いついてくるとは思わなかった。

だったら、頑張って美味しく作るしかないよな。

「本当にいいって。それより、しつこいようだけど初心者の手料理だからね。期待しすぎない方がいい」

僕が笑っても、彼女は一切笑わなかった。テーブルに手をつき、僕の方へ身を乗り出してきて、真剣な眼差しで言う。

「それならせめて、材料費だけでも支払わせてください」

あの涼しげな目が向けてくる視線は、真っ直ぐすぎて突き刺さるようだ。なぜか息が詰まったのは気圧（けお）されたからだろうか。彼女の瞳が微かに潤んだようにも見え、自然にごくりと喉が鳴る。

「……そこまで言うなら」

僕は結局、頷かざるを得なかった。

芹生さんはほっとしたんだろう。途端に表情を和らげて、柔らかく微笑んだ。

「ありがとうございます、渋澤さん。豚丼、とても楽しみにしています！」

期待しすぎないでとは言っておいたが、これは絶対裏切れないな……。

豚丼を作ってくるのは次の火曜日に決めた。

火曜日は定例ミーティングがある。総務、人事、秘書、広報など総務部全体のミーティングだからか午前中いっぱいかかることが多く、会議後はそのまま昼休憩に入るのがいつものパターンだ。それなら芹生さんとわざわざ時間を合わせなくても一緒にお弁当を食べられる。

「渋澤さんにお弁当を作ってもらうなんて知れたら、みんなの羨望の的ですね。指折り数えてお待ちしています」

そう言って芹生さんは笑っていた。

僕としてはその笑顔を曇らせたくないので、今度のお弁当はなんとしても成功させたい。

日曜日にはアパート近くのスーパーで買い出しをした。

材料費を払うと芹生さんが言ったので、余計なものは買わない。レシートを持参する必要があるからだ。なんだか経費にするみたいだな、と情緒のないことを思ってみる。

日曜午後のスーパーは雨降りにもかかわらず家族連れの客が多かった。楽しそうに今晩のメニューを話し合う夫婦と思しき男女、カートを押したがる子供を追いかける父親、赤ちゃんをあやしながら売り場を巡る母親など、店内はやや賑々しい。そういう人々を横目に、僕は一人気楽に店内をぶらぶら歩く。

「ね、このインゲン安くない？」

「ほんとだ、安いな。これで一品作るか」

青果コーナーで若いカップルが、青々としたサヤインゲンのパックを手に取っている。

「じゃあ今晩はいつもの煮物作ってよ」

「いいよ。何か付け合わせ欲しかったし、ちょうどいいな」

仲睦まじいお二人の様子がなんとなく播上と清水さんに似ている気がした。もちろん姿格好は全然違っていたが、あの二人が結婚でもしたらこんなやりとりをするんだろうな、というのが目に浮かぶようだ。隣でこっそりにやにやしてしまう。

播上と清水さんが実際はお互いをどう思っているのか、僕は未だにわからないままだ。二人はランチを共にするメシ友で、それだけでも十分楽しそうだった。だから別にどうしても付き合って欲しいわけでもないし、札幌支社の他の人達みたいに『付き合ってるんだろ？』などと詰めるつもりもない。ただ内心、播上は気づいてないだけじゃないかって思うこともあったが——だとしても僕の関与するところではないか。

僕にできるのは、もし本当にあの二人が付き合いだしたら、

「やっぱりな！」

と言ってやることくらいだ。

そんなことを考えながら僕もサヤインゲンを手に取る。青々とした丸ざやのインゲンはふっくらしていて美味しそうだった。お値段も評判通りの安さで、僕にレパートリーがあれば買うんだけどな、と思ってしまう。

そういえば——うちの母がよく作っていたな。母はインゲンとは言わず『ササゲのお煮しめ』と言っていたが、形はどう見てもインゲンだった。醤油で柔らかく煮たササゲに細切りにした天カマも入っていて、我が家では夏場となると週二くらいのペースで登板する箸休めメニューだ。好きな献立でぱっと頭に浮かぶようなポジションではなかったが、それでも出されれば不思議と箸が止まらなくなる美味しさだった。

思い出したら久し振りに食べたくなった。去年は帰省できなかったし、今年もあいにく見通しが立っていない。母に作り方を聞いて、作ってみようか。

僕はサヤインゲンを購入し、その足で日配(にっぱい)コーナーに向かって天カマを探した。あいにくそのものずばりの商品はなかったが、ビジュアルがそっくりの『さつま揚げ』を見つけた。

もしかすると天カマも方言なのだろうか。ということはササゲもかな。どこに方言が潜んでいるかわからなくて、僕はまだまだ東京人にはなれそうにない。

帰宅後、母に問い合わせてみると、程なくして長いメッセージが返ってきた。

『瑞希(みずき)が料理をしているとは意外でした。いつも麺類しか作っていないと聞いていましたが、何か心境の変化でしょうか。ぜひ一時の気まぐれにせず継続してくださいね。下に作り方を載せておきます。時々はおばあちゃんにも連絡をするように』

うちの母はなぜか文面だと畏(かしこ)まって丁寧語になる。口頭だと全くそんなことはないので、手紙を書いているような気分になっているのかもしれない。メッセージではなんだか上品なご婦人のように見えるが、実際に話すと普通の道民くらいには訛っている。

それでも未だに僕と会うと『めんこいな、なまらめんこい』と言ってくる祖母に比べれば、うちの父や母はさほど訛りが強くない。『めんこい』ではなくかわいいと言うし、『なまら』もめったに使わない。『あずましくない』はたまに言うかな。僕もめんこい、なまらは使わない方だったから、東京に来るまでは自分のことを、道民にしては訛っていない言葉のきれいな人間だと思っていた。とんだ世間知らずだった。きっとうちの両親も上京してきたら、自分たちの話す言葉がイントネーションからして違っていることに愕然とすることだろう。

さておき、僕はササゲのお煮しめのレシピを手に入れた。サヤインゲンは筋を取り、両端は切り落として食べやすい長さに切る。天カマことさつま揚げも五ミリくらいの厚さに切って、両方とも油を引いたフライパンでさっと炒める。ある程度油が馴染んだら醤油、みりん、砂糖などと一緒に水を入れ、時々混ぜながら煮る。汁気は残るくらいでよくて、火を止めてから少し待って味を染み込ませるとより美味しい、とアドバイスもあった。

思ったより簡単にできたので、早速一口味見をする。

「……こんな感じだったっけ」

つい首を傾げてしまったのは、サヤインゲンの硬さが思ったよりしっかりしていたからだ。実家で食べるものよりも心なしかしゃっきりしている。もちろんちゃんと火は通っているし、柔らかく煮えてもいるが、母が作った時よりも硬めで、ポリポリ感も強い。それでも噛んだ時にきしきしする食感、そして優しくも懐かしい味は記憶の通りで、実家の夏の食卓を思い出す。

エアコンのないリビングは夏場になるとベランダまで開け放たれて、網戸越しに吹き込んでくる夕風が心地よかった。一家三人で食卓を囲んだのはもうずいぶん前のことで、今ではすっかり懐かしい記憶になってしまった。

対照的に今の僕の住まいはエアコンなしでは乗り切れない。まだ六月だというのにフル稼働で送られる冷風の音を聴きながら、僕は一人呟いた。

「来年あたり、帰ろうかな……」

北海道へ帰るのも簡単ではない。ただでさえ安くない航空券は盆暮れ正月には更に跳ね上がるし、帰省客で混み合うから予約するのも困難だ。そんな感じで去年、今年と帰省は諦めてしまったのだが、来年辺りはさすがに帰りたい。両親や祖母を安心させたいし、元愛車が元気にしてるか見ておきたいし、できれば播上や清水さんとも会いたいからだ。

そんなことを考えているとまたホームシックの切なさがぶり返してきそうだったので、とりあえず懐かしの味で自分を慰めておく。美味しく作れたし、火曜日のお弁当のつけ合わせもこれにしようかな。

火曜日、早起きした僕は豚丼を作り、前日の晩に作っておいたサヤインゲンのお煮しめと共にお弁当箱に詰めた。

あいにくお弁当箱は一つしかなかったので、もう一食分はプラスチックのフードパックにした。豚丼もお煮しめも以前作ったことがあったし、今回も問題のない仕上がりだ。サヤインゲンは相変わらず食感がしゃっきりしていたが、一晩置いたらもう少し柔らかくなっていた。何度か作って手慣れてきたら、もう少し母の味に近づけるかもしれない。

今日も家を出る時間帯からすでに雨が降っていた。僕が傘と二人分のお弁当を携えて出社すると、総務課には既に芹生さんの姿があった。今朝も彼女はオフィスの清掃を一人でしていて、僕が足を踏み入れると振り返り、笑顔で挨拶をしてくれた。

「おはようございます、渋澤さん」

その笑い方がいつもより親しみを込めているように見えたのは、きっとお弁当への期待のせいだろう。

「芹生さん、おはようございます」

僕も挨拶を返し、それから彼女を手伝ってデスクの掃除を始める。昨日誰かが使ったまま放置されていた共用のペンをペン立てに並べつつ、早速報告もした。

「豚丼、作ってきたよ」

「ありがとうございます！」

途端に芹生さんの表情がいっそう明るくなる。こんなに目を輝かせている彼女を、僕は初めて見たかもしれない。

ささっと駆け寄ってきた彼女が、にこにこしながら続けた。

「言ったらプレッシャーになってしまうかと思って黙っていたんですが、今日辺りかもなって、実はすごく楽しみにしていたんです」

そんなに楽しみにしててくれたのか。よかった、今日持ってこれて。

「割と美味しくできたと思う。芹生さんの期待に沿えてるといいな」

僕がそう応じれば、彼女は全く疑っていないらしい顔つきをしてみせる。

「渋澤さんのお料理なら絶対美味しいですよ」

播上ならともかく、僕はまだそこまで保証してもらえるほどの腕じゃない。

ただ、今回は味見もちゃんと済ませてある。問題なく美味しくできていたはずだ。芹生さんにも喜んでもらえるといい。

「この雨の中持ってきてくださったんですね、すみません」

「大した荷物じゃなかったよ、大丈夫」

「材料費、あとでお支払いしますから」

芹生さんはそのことも忘れていなかったようで、デスクを拭き清めながら念を押された。

「ああ。レシート持ってきたよ」

たぶん彼女は支払う意思を曲げないだろうし、僕も素直にそう言っておく。こちらとしてはただ彼女に喜んでもらえたら、それだけでいいのだが――でも芹生さんからすれば『いつもお世話になっているから』、『ホームシックのことで心配してもらったから』などという理由だけでお弁当を作ってきてもらうのは、居心地がよくないのかもしれない。

僕は、そうでもない。それどころか、芹生さんに北海道の食べ物を好きになってもらえるなら、そして修学旅行の悲しい思い出を少しでも和らげられたら嬉しいとさえ思っている。そこまで言うとさすがにお節介な気もするし、黙っておくが。

火曜は定例ミーティングの日で、いつも通り午前中いっぱいの打ち合わせとなった。

ミーティング後はそのまま昼休憩に入れたから、僕は芹生さんと休憩室で落ち合う。雨に洗われる東京を見下ろす窓際の席で、お弁当箱を開けた彼女は即座に歓声を上げた。

「美味しそう！　これが夢にまで見た豚丼……！」

その反応を見て、僕は密かに胸を撫で下ろす。

何せ人様にお弁当を作ってくるのは初めてだ。味や保冷はもちろんのこと、盛りつけにも細心の注意を払った。『お弁当　見映え』で検索して、どんなふうに詰めたらより美味しそうに見えるかを研究した。自分のお弁当は多少ごちゃついてようが気にならないが、誰かに食べさせるのなら訳が違う。

結果、ご飯の上に豚丼の肉を直に乗せるというテクニックに頼ることにした。十勝風豚丼の魅力と言えば丼からはみ出すほどの大きな豚肉だ。お弁当に入れるなら大きいままだと食べにくいが、せめて『はみ出す』感じは残しておきたいと、白米をチラ見せする程度のところにどんと肉を並べて置いた。仕切りやおかずカップを使わない方がきれいに見えるというから、お煮しめもしっかり水気を切って添えてみた。甘辛ダレが照りよく絡んだ豚肉に、サヤインゲンの緑を添えるとなかなかに映える。そういえば本場の豚丼もグリーンピースを添えていたっけ。

そして今回は休憩室の電子レンジを借り、豚丼をしっかり温めた。作りたてには敵わないにしても温かい方が絶対に美味しいからだ。

「わあ、いい匂い……渋澤さんのお弁当は、いつも目にも美味しいですね」

ほんのり上がる湯気を堪能する芹生さんは、食べる前からずいぶん褒めてくれる。こっちはむずがゆくて仕方がない。

「そう褒められると照れるな。芹生さんの口に合うといいけど」

「口の方を合わせます！　いただきます！」

はきはきと言い切った彼女が、割り箸を持って手を合わせる。

それからまず豚丼の肉を一切れ摑み、口に運んだ。食べやすいように一口サイズに切っておいた豚肉をぱくっと食べた後、芹生さんはゆっくりと目をつむる。

そして味わいながら飲み込んだのち、目を開けて微笑んだ。

「美味しいです、とっても！」

「本当？　よかった……」

ほっとした僕は、遅れて豚丼を食べ始める。やはり温めて正解だった。豚肉は前回よりもさらに柔らかく、甘辛ダレがとろりと溶けて肉とよく絡んだ。そしてご飯もまた、ほかほか温かい方が豚肉との相性もいい。

お弁当の出来を確かめる僕の傍らで、芹生さんは感慨深げに口を開く。

「調べたところによると十勝地方の開拓史は、養豚と共にあったとか」

「詳しいね。道民しか知らない情報かと思ってた」

驚く僕に、彼女は零れんばかりの笑顔を見せた。

「修学旅行にあたり事前学習をしたんです。この豚丼は古い歴史と先人の知恵を感じさせる、感慨深い味をしています……！」

彼女は大喜びでご飯も食べ始め、また豚肉を頬張ってはうっとりと瞼を下ろしてみせる。どうやら芹生さんは美味しいものを食べると目をつむってしまう癖があるらしい。

ともあれ僕はほっとしていた。しつこいようだが料理は素人だ。彼女に喜んでもらえるかどうか、実は結構心配だった。

「みんな、こんなに美味しいものを食べてたんですね……」

しみじみと呟く芹生さんの顔に、先日のような悲しみや諦めの色は浮かんでいない。むしろ本懐を遂げられたかのように晴れ晴れとして見える。

　だから僕も、『本場で食べたら炭火焼だしもっと美味しいよ』などという言葉は飲み込んでおくことにした。彼女もいつかは修学旅行の思い出を吹っ切って、現地で食べたいと思うかもしれない。その時はさっきみたいにうっとり目をつむって、本場の美味しさにひたすら感激したらいい。

「こっちはインゲンですか？」

　芹生さんがお煮しめを指差す。

「そう。インゲンとさつま揚げのお煮しめ」

「煮物も作れるなんてお料理上手ですね！　こちらもいただきます」

　食べる前から絶賛してくれた彼女が、インゲンとさつま揚げを箸で摘み上げた。僕は彼女がそれを食べる様子をなんとなく見守ってしまったが、芹生さんはまた目をつむって、嬉しそうに頷いた。

「美味しいです！　味がよく染みてて、いくらでも食べられちゃいそう」

「ありがとう。これは実家の味なんだ」

　彼女のコメントにいちいち安堵してしまう。そして僕の方まで嬉しくなる。頑張って作ったものを美味しいって食べてもらえるのって、本当にいい気分になれるな。

「渋澤さんのご実家って北海道のどちらですか？」

箸を止めずにお煮しめを食べ終えた芹生さんが、不意に尋ねてきた。

「札幌。僕は東京来るまで、札幌を離れたことがなくってさ」

「そうだったんですか……」

僕の答えを聞くと、気遣うように眉尻を下げる。

彼女にはホームシックについてさんざん愚痴った経緯がある。気を遣われてしまうのも当たり前なのかもしれないが、せっかくのお弁当に湿っぽさを持ち込みたくはない。僕は急いで話題を変えた。

「実家だとこの献立のこと、『ササゲのお煮しめ』って呼ぶんだ。でもこっちのスーパーじゃササゲを『サヤインゲン』って名前で売ってるから、北海道の方言なのかなって驚いていたとこ」

そこまで話したところで、芹生さんが目を見開く。僕の言葉に驚いたようにも見えたし、なぜか気まずそうでもあった。

どうかしたのかと思っていたら、

「あの、渋澤さん。勘違いでしたらすみません」

そう前置きして、彼女は言った。

「ササゲとインゲンって、別のものですよね……？」

「え！　そうなの？」

とっさに聞き返すと、すごく真面目な顔つきで頷かれる。

「はい。ササゲはササゲ属、インゲンはインゲンマメ属で別々の種類なんです。見た目は確かにすごくよく似ていますよね」

「知らなかった……ありがとう、教えてくれて」

まさに聞くは一時の恥。何も知らなかった僕は、博識な芹生さんのお蔭で一つ賢くなってしまった。

「どうりでちょっと味が違ったはずだよ」

最初に作って食べた時の、なんとはなしの違和感の正体がわかった。僕の調理方法のせいではなく、そもそもが違う野菜だったってだけなんだな。

「僕はてっきり、東京じゃササゲをサヤインゲンって名前で売っているのかと思ってた」

腑に落ちた僕は恥じ入りながら続けた。

「実はさつま揚げも、地元だと『天カマ』って呼ぶからさ」

「天カマ……ですか。それは初めて聞きました」

「天ぷらカマボコの略。僕はさつま揚げって名称の方が慣れないな」

「私はずっとさつま揚げって呼んでました。面白いですね、呼び方の地域差って」

芹生さんが楽しげにくすくす笑う。

最近よく話すから気づいたことだが、彼女の笑い方は上品で控えめで、すごく優しい。僕の勘違いを笑わないでいてくれたことも、優しいなと思う。

「言われてみれば私、ササゲのサヤは食べたことないです。うちの実家ではササゲと言えばお赤飯ですから」

「お赤飯？　えっと、ササゲで？」

ご飯の中にササゲのサヤがごろごろしている姿が思い浮かんでしまったが、その想像が見えたかのように、芹生さんはおかしそうに答えた。

「ササゲの豆でお赤飯を炊くんです」

「へえ！　それも初耳だよ、本州は小豆のお赤飯だって聞いてたけど」

「小豆も美味しいんですけど、ササゲの方が炊く時に豆が割れなくて縁起がいいんですって。お赤飯はハレの日のごちそうですから」

なるほどな。いろんな文化があるものだ。

僕は本州に来てからお赤飯を食べていない。ササゲ豆のお赤飯、一体どんな味なんだろう。

「北海道だとお赤飯と言えば甘納豆だな」

そう教えてあげたら、芹生さんは相当びっくりしたようだ。さっき以上に目を大きく見開いた。

「甘納豆⁉　甘くなりませんか？」

「甘いよ。僕の地元ではお赤飯って甘いものなんだ」

うちの実家は小さい粒の、小豆の甘納豆でお赤飯を炊く。でもよその家には大粒の金時（きんとき）で炊いているところもあるし、その辺りは様々だ。

「甘いお赤飯にごま塩をかけて、甘じょっぱく食べるのが美味しいんだ」

甘納豆の甘さ、ごま塩のしょっぱさと香ばしさが合わさってもち米にとてもよく合う。他の地域の人がそれをどう捉えるかはわからないが、少なくとも芹生さんはものすごく食べたそうな顔をしている。

「それはそれですごく美味しそうですね！」

「いつか北海道行くことあったら食べてみてよ。コンビニにも売ってるし」

「はい！」

元気よく返事をした芹生さんが、そのままの笑顔で続けた。

「修学旅行に行けなくなって、私と北海道とのご縁はぷっつり切れたものと思ってたんです。でも渋澤さんのお蔭で、あの頃の悲しみが全て吹っ切れました。今は長雨の後の青空みたいに爽やかな気分です。本当にありがとうございます」

彼女のその表情があまりにも眩しかったから、僕は無性に照れてしまう。豚丼の残りを突きつつ、込み上げる笑みを噛み殺しながらようやく応じた。

「……こちらこそ、ありがとう」

ここ最近、君のお蔭で楽しい時間を過ごせてる。

3、とうきびご飯と味噌おでん

「播上(はたがみ)、知ってたか？　ササゲとサヤインゲンは別の種類なんだぞ」

電話を掛けた折にそう吹っかけてみたら、播上は驚きもしなかった。

『知ってる。ササゲはモロッコインゲンだからな』

「え、それは知らなかった。モロッコ産なのか？」

『いや、原産地は中南米だったかな。見た目も味もインゲンとよく似てるけど、ササゲの方が柔らかくて優しい味だよな』

さすが食べ物のことなら播上の知識は一段上だ。芹生(せりう)さんに教えてもらった情報でびっくりさせてやろうと思ったのに、逆に教わってしまった。

「じゃあササゲの豆で赤飯を炊く地域があることは知ってるか？」

『聞いたことあるけど食べたことはない。東京の話か？』

「そうらしい。こっちは小豆の赤飯が主流なのかと思ってたら、ササゲの豆を食べるんだって」

『へえ。一度食べてみたいな』

その味については播上も知らないようで、やっぱり興味を持った様子だった。

僕らはお互い北海道生まれ、お赤飯と言えばやはり甘納豆だ。

「北海道の赤飯が甘いって話したら逆に驚かれたよ。想像つかないって」

『そこはお互い様だ。俺は赤飯なら甘納豆じゃないとって感じだけど』

「わかる。その話してたら食べたくなったんだけど、こっちじゃ全然売ってなくてさ」

『売ってなさそうだな。じゃあ、作り方を聞きたくて電話したのか？』

播上はそう言ったが、奴の予想は少し外れていた。もちろんお赤飯を食べたい気持ちもあったが、習ったところでいつ食べるかは悩むところだ。芹生さんの言った通りハレの日の食べ物だから、何もないのに作ってもな、と思ってしまう。実家ではお盆と言えば赤飯だった。そのお盆は来月に迫っているが、僕は帰省もしないし、お墓参りをするわけでもない。

「いや、今日は違う用事だ。といってもレシピを聞きたいのは合ってる」

播上に電話をするのは一ヶ月ぶりだった。その間に長かった梅雨が明け、既に七月も半ばに突入している。強い夏の陽射しが照りつける東京の夏、僕は積極的に外へ出る気も起こらず、エアコンの効いた部屋でのんびりと過ごしていた。

戸外からはけたたましい蟬の声が聞こえる。東京と北海道では蟬の種類も違うようで、そのソウルフルな鳴き声は顔をしかめたくなるほどだ。

気を取り直し、僕は話を続ける。

「あれから意外とお弁当作りが続いててさ。何か簡単にできる隙間おかずがあったら教えて欲しいんだ」

『続いてるのか。それはすごいな、渋澤（しぶさわ）』

播上がずいぶんと感心してくれたようなのが声でわかった。

もっとも出勤日には必ず弁当を持ってくる播上とは違い、僕は毎日作れるほどの技術も根性もない。そこで最低限のノルマとして週一で作ることには決めていた。火曜日のミーティングの日は僕にとってお弁当の日にもなっていて、それ以外に余裕があれば——早起きができそうな日とか、前の晩に自炊をしてそのおかずをお弁当にも流用できそうな日にはまた作って持っていくようにしている。

そんな調子で僕のお弁当作りはまだ決して威張れるほどではないのだが、ただこういうことは続けようとする意思こそが大事だろう。その点、僕はよくやっている方だ。

『新天地で一人暮らしなのに自炊って大変だろ。それでも続けてるんだから立派なもんだよ』

　ほら、播上だって褒めてくれてる。

「ありがとう。まあ自慢できるほどの腕もレパートリーもないんだけどな」

『謙遜するなよ。直接味見させてもらえないのが残念だ』

　本当に残念そうに言った後、奴は続けた。

『じゃあ今度、作りやすいおかずを何品か見繕ってレシピ送る。そんなに時間も掛からないやつを』

「助かる！　ぜひ頼むよ」

　頼りになる友達がいるのはいいものだ。

　とはいえ僕も、せっかくの成果を播上に直接見てもらえないのは残念だと思っている。僕がせめて札幌にいるうちに料理を始めていたら、もっといろいろアドバイスを貰えたり、情報交換も気軽にできただろうに。播上の手料理だって結局一度きりしかごちそうになっていなかったし、実にもったいないことをした。

『今年の夏は帰ってくるのか？』

　不意に、播上が尋ねてくる。

「いや……あいにくだけど今年も無理だ。帰りたいのはやまやまだけど」

もう少し夏季休暇が長ければ、そして航空料金が安ければ考えていただろう。でも札幌まで帰るのも楽ではない。そもそも羽田空港までが結構遠い。

もっと気軽に帰れる距離ならよかったんだけどな。

『そうか、残念だな。帰ってくるなら会えるかと思ったのに』

その言葉には額面以上の残念さが滲んでいて、普段あまり感情的にならない播上にしては珍しいなと思う。そんなに会いたいと思ってもらえていたとは、ちょっと照れるな。

「播上も僕の顔が見たくて、寂しくてしょうがないんだな。帰れなくてごめんな」

『そこまでは言ってない』

「いいって、隠すなって。来年には帰ろうと思ってるよ」

『来年？　……ああ、そっか』

播上はそこで、なんとなく口ごもった。

理由はわからないが、もしかすると僕の照れ隠しの悪ふざけが滑っただけかもしれない。だから次の言葉は真面目に続ける。

「実際、僕も寂しいからさ。親とも会ってないし、祖母にも会いたいし。あと、札幌の街並みが恋しいっていうのもある」

『帰って来れるならその方がいいよな。札幌は全然変わりないよ』

「全然？　じゃあ帰っても浦島太郎みたいになることはないな」

『ないない。今年もいつもの夏だよ、大通公園ではビアガーデンも始まった』

「ああ、そりゃいつも通りだ」

札幌の夏の風物詩と言えば大通公園に設けられるビアガーデンだ。毎年開催を知らせるニュースが流れるくらいには人気のイベントだが、一ヶ月の期間中はずっと混み合って座れないほどだし、札幌は夏場でも冷え込むことがあるので、なんだかんだで一度も行ったことがない。外でビールを飲みたいと思う機会があまりなかった。

「懐かしいな。真駒内やＵＨＢの花火大会も終わった頃だよな……見に行きたかったよ」

僕が故郷をしみじみ懐かしんでいると、

『花火大会なら東京にもすごいやつがあるだろ。ニュースで見たことあるぞ』

播上はそこでちょっとだけ笑った。

確かに、東京にも花火大会は当たり前だがある。先日も駅構内で足立の花火大会のポスターを見かけたばかりだ。『夏の花火は足立から』というキャッチコピーが目を引いて、思わず足を止めて眺めてしまった。他にも神宮外苑や隅田川などの花火大会があり、僕も札幌にいた頃から名前くらいは知っていたほどだ。だが花火大会に一人で行くのは気が引ける。誘う相手もいない東京では行ってみたいと思うこともなく、去年は外で鳴る花火の音をこの部屋から寂しく聞いていただけだった。

たぶん、今年もそうだろう。

「こっちはまだ土地勘もないし、見に行く予定はないよ」

口ではそう言っておいて、こちらからも尋ねてみる。

「播上は花火、見に行かないのか?」

『たぶん。人混みはあんまり好きじゃないからな』

予想通りの回答の後、播上はああ、と声を上げた。

『有給取れたら湯の川の花火大会見てくるのはありかもしれない。旧盆明けなんだ』

「湯の川? 函館帰るのか?」

函館出身の播上の実家は湯の川温泉のすぐ傍にあると聞いたことがある。ご両親の営む小料理屋もそこにあるそうだ。

だが前にその話をした時、播上は就職してから一度も実家に帰っていないと言っていた。札幌函館間はせいぜいたったの三百キロ、東京から帰るよりずっと近いくらいなのに、播上が帰りたがらない理由は奴が車を持っていないから、だけではないようだった。

『渋澤が帰ってこないなら俺は帰省しようかと思ってた』

だから播上のその言葉を、僕はとても意外に思う。

「お、珍しいな。久々の帰省になるんじゃないか？」

『そうでもない。五月の連休にも帰ったし』

ますます意外だ。播上がそんなに頻繁に函館へ帰っているなんて、僕の記憶にある限り今までなかったことだった。

播上がずっと帰りたがらなかった理由は、はっきりとは言われていないが察しがついている。播上のご両親は店を継ぐことを望んでいたようだったが、当の播上にその気がなく、後ろめたいと思っているようだった。僕も以前、軽率に『お前くらい料理できるなら店でもやったらいいのに』と言ってしまって、その時に播上の事情を聞かされた。本人が引け目に思っていることを意図せずとはいえ突っついてしまったことに、申し訳なさを覚えたのは記憶に新しい。

だがその播上が函館に帰っているということは、何か心境の変化があったのだろうか。

もちろん帰省と言っても事情あってのことかもしれないし、僕も突っ込んで聞くのはやめておく。

「湯の川の花火って海の傍か？　いいな、見てみたいよ」

『ああ、海面に花火の光が映り込んですごくきれいなんだ。あの時期はイカ釣り漁船の漁火(いさりび)も幻想的だけど、花火の華やかさはまた別格だよ。渋澤も機会があったら一度は来てみるといい』

僕の言葉を、播上は力を込めて肯定してきた。

地元を離れても、奴にとって故郷の函館は大切な場所なんだろう。僕にとっての札幌と同じように。

「渋澤さん、業者さんがいらっしゃいました」

内線電話の受話器を置いた芹生さんの言葉に、僕は勇んで席を立つ。

「よかった、時間通りだ」

準備していた軍手を二足、スラックスの後ろポケットにねじ込んだ。これから力仕事だ。

待っていた相手は備品レンタル業者で、オフィス什器を何点かお願いしていた。明日から行われる弊社のレセプションに必要な什器で、レセプション自体は営業部の担当だが会場の設営は総務が請け負っている。これから搬入をしなくてはいけない。

ＢｔｏＢの商品を扱う我が社では取引先に出向く営業の他、こちらにお越しいただいて商品を見ていただく機会も多い。札幌支社でもこういう仕事はあったが、社屋が広いため什器を置いておくスペースはいくらでもあった。東京本社では備品室を設けずにレンタルで済ますようにしているそうで、これは純粋に経費の問題なんだろう。レンタルなら減価償却を気にしなくて済むし、常にきれいなのも魅力ではあった。

「搬入ならお任せください」

共に業者の元へ向かう途中、芹生さんがそう言った。

「私、腕力には自信あるんです。なんでも持たせてください」

ぐっと腕を曲げて力こぶを作ってみせたようだが、長袖のブラウス越しではその存在は確認できなかった。冗談のつもりなら珍しいことだと、僕は笑って応じる。

「頼りにしてるよ」

総務課も大所帯というほどではないから、今駆り出されているのは僕と芹生さんだけだ。他の課員も手が空いたら応援に来てくれるそうだが、あまり期待はしていない。今日は水曜だがお弁当を作ってきたので、目いっぱい力仕事してお腹を空かせて美味しく食べてやろうと思っている。

什器の点数を確かめ、業者さんを見送ったら、レセプションの会場となる会議室まで搬入開始だ。折り畳みテーブルと椅子などを台車で会議室まで持っていき、その先は手作業で運び込むことになる。

「じゃあ、やっていきますか」

自分自身に気合を入れるつもりで、声に出して僕はそう言った。

芹生さんが笑顔で頷く。

「はい！」

それから彼女は台車に詰まれている折り畳みテーブルに手を掛け、持ち上げようとした。難なく持ち上がりそうだったが慌てて止める。

「芹生さん、それは二人で持っていこう」

「え？　大丈夫ですよ、私だけで持てます」

止められたからといって不満げではなかったが、むしろきょとんとされてしまった。

「いや、結構重いよ。芹生さんに持たせるのは――」

「大丈夫ですって。この体格です、力はあるんです」

そう言って彼女は胸を張る。

実際、芹生さんは背が高い。推定百七十センチはあるだろうし、学生時代はバレー部だったという話だから腕力に自信があるというのもあながち冗談ではないのかもしれない。だが筋骨隆々の力持ちに見えるかといえば決してそうではなく、むしろタイトスカートのせいかすらりと細身にしか見えない。

「駄目だよ、一人でやろうとしちゃ」

僕がやんわり咎めると、芹生さんは困ったような顔をする。

「えっと、そうでしょうか……」

「女性一人に任せたら申し訳ないよ。協力して運ぼう」

そう言っても、彼女はどこか納得していない様子だった。

おそらく腕力に自信があるというのは事実だったんだろう。女性だから駄目だ、みたいな言い方をしたのもよくなかったのかもしれない。だがこちらからするとそれが事実でも彼女一人には任せられなかった。万が一無理をして怪我でもされたら大事だ。

「レンタルした什器だから、破損があっても困る。慎重に行こう」

そういうふうに言葉を選んだら、芹生さんははっとしたように頷いた。

「仰る通りですね、気がつかずすみません」

「君が怪我をしても困るしね」

そう言い添えてから、僕は持ってきた軍手を一足、彼女に差し出した。

「ほら、軍手履いて」

「え？」

芹生さんがなぜか目をしばたたかせる。

「どうかした？」

「い、いえ。お借りします」

口ではそう言いつつも、戸惑った様子で軍手を受け取り、その手に履いてみせた。彼女の手に軍手は少し大きめだったのか、手首のところがだぶついていたが、顔を上げた芹生さんはようやく微笑む。

「ありがとうございます。じゃあ、始めましょうか」

それから僕たちは二人掛かりで什器を会議室へ運び入れた。予想通り応援が来てくれることはなかったが、芹生さんの働きぶりは目覚ましいものがあった。自ら名乗りを挙げただけあって一度も音を上げることなく、最後まできぱきと立ち働いてくれた。

「お疲れ様。芹生さん、頑張ったね」

僕の労いに表情を和ませる彼女は、それでもさすがに疲れたのか大きく息をついてみせる。

「渋澤さんもお疲れ様です。やってみると意外に骨がありましたね」

「応援欲しかったよな。ま、無事終わったからいいか」

「はい。二人でも全然大丈夫でしたよ」

芹生さんの額には汗が光っていた。会議室にも冷房が入っているとはいえ、七月半ばの肉体労働の後なら水分補給が必要だろう。

「何か飲み物を買ってくるよ。ご要望はある？」

そう尋ねると、彼女は慌てて姿勢を正す。

「あっ、私が行きます！」

「いいよ、休んでて。飲めないものとかあるなら教えて欲しい」

「じゃあ……なんでもいいのでスポドリを」

「了解」

僕は一人で会議室を抜け、自販機のある休憩室へ向かった。そこでスポーツドリンクと自分用のミネラルウォーターを購入し、芹生さんの元へ取って返す。その間座って休んでいればいいのに、彼女は直立不動の姿勢で僕の帰りを待っていた。

「すみません、ありがとうございます。お金、お支払いします」

いたく恐縮した様子で財布を出そうとするから、笑って押しとどめておく。

「そんなに高いものでもないし、気にしなくていいって」

「ですが……」

「早く飲んで総務課へ戻ろう。他の仕事もあるし」

そういう言い方をしたら、芹生さんはまだ遠慮がちな会釈の後でペットボトルの蓋を開けた。その表情も、スポーツドリンクをごくごくと飲んだ後はたちまちほどけて、明るい表情になる。

続いて僕もミネラルウォーターを飲んだ。搬入作業中はあまり気にならなかったがずいぶん喉が渇いていたようで、全身に染みわたるような冷たさが美味しかった。

「ひと仕事の後はとびきり美味しいな」

「そうですね。ごちそうさまです、渋澤さん」

芹生さんがにこにこ笑う。

「どういたしまして」

本当に真面目で礼儀正しい子だ。真面目すぎて不器用なのかもな、と思うところもあるにはあるが、それでも彼女の言動は不思議と見ていて気持ちがいい。てきぱきと、文句も言わずに働く姿も見習いたいところだと思う。

ペットボトルを傾けながらそんなことを考えていれば、芹生さんもちょうど僕を見ていた。切れ長の瞳に真っ直ぐに見つめられると、その大人っぽさにどきっとする。スポーツドリンクが似合うボーイッシュさ、普段のはつらつとした話し方とは別の印象がその目にはあるようだった。

「あ……」

なんとなく、訳もなく僕が視線を逸らしかけた時だ。

きゅるるるる、と小動物の鳴き声みたいな音がして、僕は思わずそちらを見た。

もちろん会議室に僕ら以外の生き物がいるはずはない。代わりに、芹生さんが慌てて自分のお腹を押さえた。

「わ……ご、ごめんなさいっ」

先程の音はどうやら彼女のお腹の音らしい。目の前で真っ赤になりうずくまる姿を見て、僕はとっさにごまかそうと試みた。

「え、なんのこと？」

「お腹の音が鳴っちゃったんです！　聴こえましたよね？」

「いや全然。何か音したかなってくらいだったよ」

「気を遣っていただかなくて大丈夫です！　聴こえてないはずないですから！」

僕の嘘を意に介さず全力で肯定していく彼女も、やっぱりお腹が鳴るのは恥ずかしいらしい。赤くなった頬を押さえながら、おずおずと続ける。

「あの、言い訳になるんですが……渋澤さんの顔を見るとお腹が空いてしまうんです」

「僕の？　どうしてまた」

「最近食べた美味しいものって、渋澤さんのお弁当でしたから……」

それは光栄な話だ。

普段からもうちょっと美味しいものを食べてていいとも思うけど。

ともあれ彼女の言葉が嬉しくて、僕は誇らしい気分で打ち明ける。

「実は今日もお弁当なんだ。トウモロコシご飯のおにぎり。よかったらお裾分けするよ」

「いいんですか？　――でもあの、いつもごちそうになっちゃってて……」

食いつきかけて、慌ててもごもごしだすところがなんだかかわいい。遠慮なんてしなくていいのに。

「いっぱい作ってきたから。芹生さん、いつも美味しそうに食べてくれるから僕も嬉しいんだ」

そう告げたら、彼女も嬉しそうに表情を輝かせた。

「では、ごちそうになります！」

トウモロコシご飯は僕にとってもすごくポピュラーなメニューで、実家ではもちろん、給食でも出てきた記憶がある。ただ地元ではトウモロコシなんて呼ばない。『とうきび』と呼ぶ。

「僕にとってはとうきびご飯なんだけど、函館出身の播上は『とうきみご飯』だって主張してた」

休憩室で同じテーブルを囲む芹生さんに打ち明けると、彼女は目を丸くしていた。

「とうきびは聞いたことありましたが、とうきみは初めて聞きました」

「道南ではそう言うらしいよ。僕も『茹できみあります』って看板は見たことある」

「この間の天カマみたいなことなんですね」

彼女の記憶力はいつもながら素晴らしい。そして実際、そういうことなんだろう。

播上が送ってきたとうきびご飯のレシピも『とうきみご飯』と記されていて、あいつの地元愛みたいなのを窺い見れたような気分になった。きっとその呼び方に誇りがあるに違いない。

とうきびご飯自体の作り方は簡単だった。研いだお米にトウモロコシの粒を入れて、塩をひとつまみ足してから炊飯するだけ。炊き上がったらバターを絡めていただくとより美味しい。播上によればコーン缶でも作れるそうだが、旬のトウモロコシで作るのが一番美味しい、とのことだ。当然だろう。

幸い行きつけのスーパーには北海道産トウモロコシが売っていたので、買ってきて家で皮を剝き、実を外した。包丁でこそぐように実を取るのは結構難しく、芯ごと削ってしまったり、逆に根元がちょっと残ってしまってもったいないと思わされたりもした。だが最終的には芯も入れて炊くのでそこまで無駄にはならないと信じたい――播上曰く、『とうきみ』の芯も一緒に炊いた方がいっそう甘く、美味しく仕上がるそうだ。

ちなみにスーパーだと、皮を剝いて帰ってくれと言わんばかりに売り場にくずかごが設置してあるが、トウモロコシは調理する直前に皮を剝いた方が絶対に美味しい。これは僕でも知っている。

「生のトウモロコシから作ったんですか？」

アルミホイルに包んだおにぎりを手渡すと、芹生さんが感心したように聞き返してくる。

「うん。近所のスーパーに売ってたから」

おにぎりは三つ作ってきたから、彼女に一つ譲っても間に合うだけの量だった。ちゃんとそう伝えた上で手渡したのに、芹生さんは申し訳なさそうに口を開く。

「あの、いただくばかりでいつもすみません」

「気にしなくていいのに」

「そういうわけにはいきません！　これ、お返しにもならないかと思いますが……」

そう言って彼女が差し出してきたのは、小さな個包装が三粒ほど。最初はキャンディかと思ったが、袋の外には『塩タブレット　ラムネ味』と書かれていた。

「夏場ですから、お守り代わりにお持ちください。もちろん味も一押しです」

芹生さんが太鼓判を押してくれたので、ありがたくいただこうと思う。確かに東京の夏は暑すぎるし、今日はたっぷり汗もかいた後だ。ミネラルだって取っておくべきだろう。

「ありがとう。食後にでもいただくよ」

お礼を告げると、芹生さんはほっとした表情を見せた。それからアルミホイルをそっと広げ、現れたおにぎりにかじりつく。

僕も同じようにアルミホイルを開いて、とうきびご飯を一口食べた。塩気のあるご飯ととうきびの粒の甘み、そしてほんのり香るバターの風味がとてもいい。炊き立てはもちろん美味しかったが、冷めても美味しい。生のトウモロコシを使ったからか、粒のぷちぷちした歯ごたえがしっかりあるのも好みだった。

「わあ……！」

芹生さんは一口食べて、とろけるような笑顔を見せる。そしてやっぱり目をつむり、うっとりと味わっているようだ。

どうやらお口に合ったらしい。僕もほっとする。

「とうきびご飯、美味しいですね！」

「僕も思った以上に上手くできたよ。すごく簡単なのに」

ほとんど炊飯器任せの工程で、旬の旨味をぎゅっと詰め込んだごちそうができあがる。しゃきっとした食感のとうきびは、火を通した後もみずみずしくて甘く美味しい。僕が夏の味覚を堪能している傍で、芹生さんのおにぎりもみるみるうちに小さくなっていった。

「ああ……もうなくなっちゃいます……」

彼女は悲しそうに、名残惜しそうに食べ終えた。

あんまりしょげて見えるから、僕は残っている最後の一つを手に取って、彼女に差し出す。

「よかったらもう一つ食べる？」

　すると芹生さんは大慌てで両手を振った。

「いえいえそんなそんな！　渋澤さんのご飯がなくなっちゃいますよ！」

「僕はおかずもあるからいいよ」

「さすがに二個はいただけないです！　申し訳ないです！」

　強く固辞されたので、しょうがなく僕もおにぎりを引っ込める。ちなみに芹生さんの今日のお昼はコンビニのサンドイッチ、レタスサンドが一つだけだった。

「足りる？」

　失礼かなと思いつつも尋ねたら、彼女は苦笑いを浮かべる。

「選ぶ時間なくって……今朝は寝坊しちゃったんです」

「ああ、そういうことあるよな」

「目についたサンドイッチを慌てて購入してきたので、これがレタスサンドだって今気づいたほどです。もう少し食べ応えのあるものにすればよかった……」

　朝にお弁当を作るのも大変だが、買ってくるというのも実は地味に手間がかかる。出勤時間帯のコンビニはだいたいどこも混んでいるし、ぼやぼやしていると目ぼしい商品が売れていって、気づけばあるのはマイナーなおにぎりやサンドイッチだけ、なんてよくある話だ。

「じゃあ、おかずも分けてあげるよ。味噌おでんって平気？」

僕が尋ねると、芹生さんは怪訝そうな顔をする。

「味噌おでん、初めて聞く料理です」

「そう？　縁日の定番と言えば味噌おでんだったけど」

播上と花火大会の話なんかしたせいで、味噌おでんが食べたくなってしまったのでレシピを教わった。おでんならコンビニにもあるが、さすがに時期ではないし、東京のおでんには味噌がついてこないことも知っている。北海道でも普通のおでんとは違い、味噌おでんはお祭りや野外イベントで売られるすごく素朴で美味しいメニューだ。

だが芹生さんは小首を傾げてこう言った。

「味噌おでんは見たことないです。おでん屋さんならあったかなあ……」

「そうなのか。僕は子供の頃に縁日行ったら、味噌おでんとたこ焼きを必ず買ったな」

三角に切ったこんにゃくに甘めの味噌ダレがたっぷりかかっていて、しかもお安いので絶対買って食べていた。お小遣いをやりくりする年頃にとって、味噌おでんの一串数十円は救世主みたいな存在だった。浮いたお金で金魚すくいやくじ引きができる。

でも芹生さんが知らないということは、縁日の屋台にも土地柄があるのかもしれない。

「芹生さんは縁日っていったら何食べる？」

「小さな頃は、あんず飴をよく買いました」

「あんず飴？」

今度は僕の方が聞いたことない名前だ。こちらの反応を見た芹生さんは、愉快がるみたいに肩を揺らして笑う。

「あんず飴とは言いますけど、中身はスモモなんです。色をつけたスモモに串を刺して、水飴を絡めてあります」

話を聞いてもぴんと来ない。まるっきり見たことも、食べたこともなかった。

「知らないな……でも聞く限り、確かに美味しそうだ」

僕はその姿形を想像してみようとして、ふとよく似た名前のお菓子を思い出す。

「りんご飴なら食べたことあるけど、それとは違うの？」

「はい。りんご飴はぱりぱりしてますけど、あんず飴はもっと柔らかいんです。水飴が垂れちゃうから、最中の皮の上に乗せてもらうんですよ。いつも氷の上で冷やしてあるから、夏の暑い盛りに食べるとまさに妙味です」

最中を持つ身振りつきで説明してくれた芹生さんは、なんだかすごく楽しそうだった。

「縁日の食べ物も、北海道と東京ではずいぶん違うみたいですね。面白いです」

「本当だね。味噌おでんがなくて、代わりにあんず飴か……」

驚かされつつ、芹生さんのために味噌おでんも取り分ける。定番のこんにゃくと天カマだけでは寂しかったから、細竹の水煮も一緒に煮た。これは北海道のおでんのレギュラー具材だ。

味噌おでんの作り方は非常に簡単で、だし汁で具を煮たら砂糖、みりんと合わせた味噌を添えて食べるだけ。夏場にキッチンに立って煮物をするのは楽ではなかったものの、火の通りをさほど気にしなくてもいいものばかりだから短時間の煮込みで済んだ。おでんをお弁当にするのは初めてだったが、電子レンジで加熱すれば温かくて美味しいおかずになった。

芹生さんはまずこんにゃくを取り、味噌につけて頬張る。またしても目をつむって味わった後、満足そうに息をついた。

「なんだかほっとする味ですね……お味噌が甘くて、食べたことがないのに懐かしいです」

「美味しい？」

「はい、とっても！」

よかった。味噌おでんが全国区じゃないなんて知らなかったから、東京の人の口にも合って一安心だ。

くしくもおでんの具は全て食感が違う。嚙むときゅっきゅと音がするこんにゃく、ふにゃっと柔らかく煮込まれた天カマ、そしてこりこりした歯ごたえの細竹は、どれも甘い味噌ダレとよく合った。学校帰りに自転車で駆けつけた縁日の味が蘇ってきて、僕も郷愁に瞼を閉じたくなる。

「これが渋澤さんにとっての縁日の味なんですね。いいなあ……！」

感傷に耽る僕をよそに、芹生さんはあっという間にこんにゃくと天カマ、それに細竹を平らげてしまった。

それから深々と息をつく。

「味噌おでん、北海道独自のものなんですかね。東京の縁日にもあったりしないかな……」

こちらの露店がどういう類のものか、僕はまだ目にしたことがない。だが芹生さんの記憶にないということはやはり存在しないか、あってもごく珍しいものなのかもしれない。

「僕はあんず飴を見てみたいな。というか食べてみたい」

「結構あちこちで売ってますよ。縁日以外でも、例えば不忍池の屋台とか」

「不忍池……どこだっけ」

通勤で使う範囲内はどうにか覚えた東京の地理だが、行ったことのない辺りはまるで不鮮明だ。考え込む僕に、芹生さんがすかさず助け舟をくれる。

「上野公園です。台東区の」

実は二十三区の位置関係も曖昧だったが、上野と言われてだいたいわかった。きっと山手線で行ける範囲だろう。

「ありがとう。折を見て行ってみるよ」

思えば東京に来てから、名だたる観光地にはまだ足を運んだことがなかった。職場の近くでご飯を食べる店を探したり、住んでいるアパートの近くを散歩してみたりはしたし、北海道にもあったようなチェーン店で服を買ったりもした。だがせっかく東京にいるというのに上野にも行ったことがないのはもったいなくないだろうか。

「実は上野って行ったことがないままなんだ。それどころか東京タワーもスカイツリーも……せっかく東京にいるのにな」

「もったいないです。名所江戸百景も今は昔、とはいえ現在の東京にも面白い場所がたくさんありますよ」

芹生さんが熱っぽく語ってくれる。

「不忍池もすごくいいところです。今の時期なら朝早くに行くと、蓮の花が咲いているのが見られます。ほんのわずかな間だけに咲く、ごほうびのような花なんです」

「蓮の花か。そういえば見たことないな……」

そもそもどこかへ遊びに行くことに長らくしり込みし続けていた気がする。相棒だった車を手放し、家族も友人もいない土地へ来て、僕はずいぶんと臆病になってしまったようだ。いつまで東京にいるか、ここに骨を埋めるかなんてわからないが、もっと楽しまなければ損だろう。

不忍池、行ってみよう。

「あんず飴、食べられますように」

芹生さんは祈るように言ってくれた後、ふと思い出したように続けた。

「そういえば私、来月友人と花火大会に行くんです。味噌おでんの屋台があるかどうか確かめてきますね」

「へえ、楽しそうだ。東京の花火大会ってやっぱりすごいんだろうな」

「毎年とってもきれいですよ」

微笑む彼女も、実際その日が来るのを待ち遠しく思っているようだ。声の明るさでわかった。

「やっぱり浴衣着て行くの？」

背が高くてすらりとしている芹生さんなら浴衣もきっと似合うだろう。そう思って聞いてみたら、彼女はとんでもないと言いたげにかぶりを振った。

「まさか！　そんな柄じゃないですよ」

「柄じゃないって？」

「みんなかわいい子ばかりですから、私はボディガード役です。いわゆるナンパ避けですね」

笑う彼女の言い分が、その時、僕には理解できなかった。

ボディガード役とは言うが、芹生さんだって女性だし、かわいいと思う。浴衣だって間違いなく似合うだろうに、男役を引き受けるみたいな言い方をするのは違和感があった。もちろん本人がそれを望んでいる場合もあるから、僕としては否定もしにくかったが――。

「それに私、背が高いですから。浴衣はまだ探せばありますけど、下駄がなかなかないんですよね。値も張りますし」

少し憂鬱そうに打ち明けてきたから、着たくないわけではないようにも思える。

「成人式もレンタルできる着物がなくて、仕方なく購入したんです。まだ一度きりしか着ていないんですけどね」

「そうなんだ……背が高いと困ることもあるんだな」

「困ることだらけです、大変です」

芹生さんが真面目な調子で力説するから、僕は結局、思っていたことを口にするタイミングを失った。

――浴衣、似合うと思うけどな。

八月に入ってすぐの土曜日、僕は午前中のうちに家を出た。

芹生さん曰く蓮の花はお昼過ぎにはもう閉じてしまうそうで、見に行くなら早い時間の方がいい。前の日が勤務だったから疲れてはいたが、耳寄りな情報をくれた彼女の親切に報いたく、頑張って早起きをした。

山手線を降りた先、上野駅は午前のうちから結構な人出だった。夏休み期間の最中だからだろうか、親子連れの姿が多かった。男一人で歩いている僕は珍しいようだったが、人目を気にしていても仕方ない。人波の流れに乗り、駅構内を抜けていく。

駅舎を出た瞬間、強い夏の陽射しに目が眩んだ。少しくらい曇ってくれたらいいなと思っていたのだが、期待を裏切り真夏らしい晴れ空が広がっている。歩いているだけでじわじわと汗をかくような蒸し暑さと突き刺さるような日光は、とてもではないが行楽日和（びより）と呼べるものではない。こんな真夏日に一人で公園散歩を敢行するなんてなかなかに突飛な発想かもしれない。

そんな思いは、だが不忍池に辿り着いた時に払拭された。

「わあ……！」

不忍池には水面（みなも）を埋め尽くすほど蓮の葉が茂り、そしてぽつぽつと薄いピンクの花を咲かせている。いい時間に来たようで、蓮の花はどれもきれいに開いていたし、いくつかつぼみがあるのもまたいい眺めだ。多くの親子連れは動物園の方に用があるのか、弁天門（べんてんもん）をくぐった後はほとんどいなくなっていた。池のほとりにいるのは僕と同じように一人客ばかりだ。

池の上に張り出した蓮見デッキなるものがあったので、僕はそこへ歩を進める。大きなカメラを構えた人が蓮にレンズを向けていたから、邪魔にならない位置取りで蓮を眺めた。

陽射しは相変わらず容赦なく照りつけていたが、その光を透かした蓮の葉は美しいエメラルドグリーンに見える。蓮の花はよく見ると一つひとつ色合いが違い、シャーベットのような薄いピンクもあれば、熟した桃のような色をしているものもあった。それらの花が陽光の下で風に揺れる姿は幻想的で、北海道では見られない絶景に深い溜息が出た。

ごほうびのような花、という言葉の意味がよくわかる。

しばらく蓮を観賞した後、せっかくなので僕も写真を撮ることにした。スマホでの撮影だが、数ケ所試しに撮ってみたらいい画（え）になったようだ。早速、芹生さんに送ってみる。

彼女は初めて上野へ行く僕を心配してくれて、『もし屋台の場所がわからなかったら連絡ください』とまで言ってくれたのだった。本当に優しい人だ。お礼の気持ちを込めて蓮を送る。

『不忍池に無事着いたよ。これから屋台見に行ってみるね』

芹生さんからの返信は十分後くらいにあった。

『そこまで辿り着けたらもうすぐです。きれいな蓮をありがとうございます！』

彼女のメッセージの文面は、声が聞こえてきそうなくらいそのままだった。

同じ総務課の仲間ではあるが、彼女と個人的にメッセージをやり取りするのはこれが初めてだ。これまで業務のことで連絡し合うことはあったものの、だいたい総務課で共有するグループ内での会話だった。だからどうということもないが

――ないはずだが、妙にくすぐったい気分になっている自分がいる。

ましてや目の前に広がるのは、この世のものではないみたいに美しい蓮の花だ。夢見心地とはこのことだろう。高揚感と満ち足りた思いで、いつまでもここにいたいとさえ思える。

真夏の炎天下でなければ。

「――あっつ……」

いつまでも見ていたいという気持ちは、結局一時間も持たなかった。照りつける太陽と猛暑日には勝てない。僕は蓮見デッキを離れ、屋台が出ているという弁天堂へ足を向けた。

弁天堂ではまずお参りを済ませた後、色とりどりの天幕が目を引く屋台を練り歩く。もちろんお目当てはあんず飴だ。本当にたくさんの出店があるので探し回る羽目になるのではないかと思ったが、幸いにもすぐに見つけられた。

炎天下で解けかかった氷の上に、透き通った水飴をまとうあんず飴が並んでいる。芹生さんの言う通りスモモが多かったが、みかんやさくらんぼなどもあった。迷ったが、最初は基本を押さえておくべきだろうとスモモを選んだ。

最中の皮に乗せてもらったあんず飴を手に、とりあえず涼を求めて木陰へ向かう。暑さのせいかとろとろとゆるい水飴を零さないよう、最中で受け止めながらまずは一口。ねっとりした水飴はもちろん甘く、スモモはかりっと硬めで酸っぱかった。合わせて食べると絶妙な甘酸っぱさで、気づけばあっという間に食べ終えてしまった。

最中まで完食してしまってから、そういえば写真を撮っていなかったと気づいたが後の祭りだ。芹生さんに報告しようと思っていたのに。

とりあえずメッセージだけは送っておく。

『あんず飴も食べられたよ。すごく美味しかった！』

今度の返信は、すぐにはなかった。

せっかく出かけたのだからすぐに帰るのはもったいなく思えて、無意味にあちこちぶらついてしまった。さすがに一人で動物園へ行く気にはなれなかったから、新宿まで戻って服を見たり、書店を覗いてみたり、合間合間に水分を補給したり——その間も何度かスマホを確認していたが、特に動きはなかった。

夕飯の買い物を済ませてからようやく戻ることを決めて、代々木駅まで帰ってくる。駅を出てアパートに戻るまでに、何人か浴衣姿の人達を見かけた。今日はお祭りでもあるのだろうか。疲れていたし、独りの時間に飽き飽きしていたのもあって、そのまま帰宅してしまったが。

さんざん歩いた後に自炊をする気力はなく、適当にテイクアウトをした。お気に入りのソファーの上で夕飯を食べつつテレビニュースを見ていると、どこか遠くで花火の音がし始めた。さっきの浴衣の人達はこれを見に行ったのか、そんなことをぼんやり考えていれば、不意にスマホが鳴動する。

芹生さんからのメッセージだった。

『あんず飴、お口に合って何よりです。今日は花火を見に行きました。前に東京の花火を見てみたいと仰っていたので蓮のお礼にお送りしますね』

その言葉の後に、画像が送られてくる。

夜空に打ち上げられた、美しい花火の写真だった。

縦長の画像に収められた夜空は雲一つなく、黒から下に行くにつれて青みが増していく美しいグラデーションを描いている。そこに次々と広がる光は青、紫、ピンク、白と様々な色をしていて、花束のように密集して大輪を咲かせていた。

色とりどりの光を眺める僕の耳に、遠くから微かな花火の音が聞こえる。

今、芹生さんはこの花火を見に行って、この音もお腹の奥に響くような大音量として聞いているのだろう。花火も写真ではなく、打ち上がった瞬間から夜空を駆け抜けて消えてしまうまでを、あの涼しげな目でじっと見上げているのだろう。

そう思いながらしばらく見入っていれば、もう一通、メッセージが送られてきた。

『渋澤さんには北海道の魅力をたくさん教えていただきました。同じように、私の故郷のよさも知ってもらえたら嬉しいです。名所東京百景、どうか楽しんでいただけますように』

彼女の故郷の空に上がる花火は、見とれてしまうほど美しい。

そして彼女が送ってくれたメッセージも、気づけば見とれてしまう僕がいた。

その文面を何度も何度も読み返しながら、ふと、あんず飴の甘酸っぱさを思い出す。

芹生さんのことを、もっと知りたいと思った。

彼女の魅力、言葉の美しさ、傍にいたいと思うその気持ちの理由を、知り尽くしたくてたまらなかった。

4、スープカレーで公園ランチ

九月、休み明けの朝、田町駅の改札を抜けて東口へ向かうところで、

「渋澤さん！」

溌溂とした声に呼び止められた。

振り返ると、改札を抜けたばかりの芹生さんがこちらへ駆けてくる。その姿を見ただけで自然と心が弾んだ。

人にぶつからないよう端に寄って待っていれば、彼女は陸上選手みたいな俊足で僕の元へと辿り着く。いつも通り足元もスニーカーで、タイトスカートだというのに実に軽快な走りっぷりだった。

「おはようございます、芹生さん」

「あっ、お、おはようございます」

僕の挨拶に思い出したような挨拶をくれた後、芹生さんは何かを差し出してくる。

「すみません、これ。お返しするのをずっと忘れていて！」

それはきちんと二枚重ねられた軍手だった。見覚えがあるかというと軍手なんてどれも似たようなものだから当然あったが、そういえば以前貸した記憶もある。営業のレセプションに向けてレンタルした、オフィス什器の搬入の時だ。

「ああ、忘れてたよ。ありがとう」

受け取ってお礼を言うと、芹生さんはぺこぺこと何度も頭を下げてくる。

「こちらこそ忘れていてごめんなさい！　本当は洗濯してすぐお返しするべきだったんですが、普段使わない鞄で行った日なので奥底にしまい込んで、すっかり忘れていて……！」

通勤客の多い朝早く、駅構内でスーツ姿の女性に謝罪を繰り返される僕は相当に人目を引くようで、すれ違う人々が揃ってこちらをじろじろ見ていった。さすがに恥ずかしいし、そもそも謝ってもらうような話でもない。

「そんなのいいって。というかわざわざ洗ってくれたの？」

軍手なら別にそのまま返してくれてもいいのに。僕はそう思うが、芹生さんなら洗って返さなければ気が済まないだろうという気もする。彼女との付き合いも四ヶ月を過ぎ、僕はだいぶ芹生さんという人がわかってきたようだ。

「はい。お借りしたものですから」

　真面目に頷く彼女に、僕は思わず笑った。

「一回履いただけなら気にしなくてもよかったのに。でもありがとう」

　その途端、芹生さんは一瞬怪訝そうな顔をする。笑われたのが心外だったのかと思いきや、急に神妙な面持ちで切り出された。

「あの、以前から気になっていたのですが……」

「どうかした？」

「渋澤さんって軍手を『履く』って仰るんですね」

　一瞬、何を言われたのか意味がわからなかった。

　それは僕にとって『カラスのこと鳥って言うんですね』に値するくらいの問いかけだった。だがそう尋ねてきたということは、芹生さんにとっては――標準語では違うのかもしれない。

「えっ……軍手は『履く』だろ？　手袋だって履くなんだから」

　聞き返した僕に、芹生さんはおずおずと教えてくれる。

「軍手も手袋も、『填(は)める』ですかね。私なら……」

「そうなの!?　えっと、それは、芹生さんのご家族とか、周りの方もそう？」

「はい。軍手を『履く』って仰ったの、渋澤さんが初めてで……それで私、本で調べてみたんです。そうしたら北海道の方言では手袋を履くという記述があって――」

なんてことだ。僕は頭を鈍器で殴られたような衝撃を受け、困ったように微笑む芹生さんを見つめ返すしかなかった。

北海道だと軍手を『履く』のが当たり前で、今まで疑問に思ったことすらなかった。僕はもちろん両親も、親戚も、周りの友人も、もちろんあの播上や清水さんだって軍手は『履く』だ。二十七年間使い続けてきた言葉が方言だったと知らされるのは大変なカルチャーショックだった。

「変だって言いたいわけじゃないんです」

打ちのめされて呆然とする僕に、芹生さんは慌てた様子を見せる。

「私、大学では日本文学を専攻していて、卒論のテーマに方言を選ぼうか迷ったこともあったんです。結局違うテーマにしたので広く浅く調べただけなのですが、こうして生の方言に出会えて嬉しかったっていうか――あ、それだと失礼ですよね。渋澤さんが本当に北海道の方だって実感できたっていうか――その、別に疑ってたわけでもないんですけど、ええと」

珍しく歯切れ悪く、もごもごとそんなことを言い連ねた後、彼女は申し訳なさそうに項垂れた。

「勝手に調べたりして、すみません」

芹生さんが日本文学を学んでいたという事実には全く意外性がない。むしろ腑に落ちた。

そんな彼女が言うのだから、先程の指摘は正しいのだろう。

「そんな、むしろ教えてくれてありがとう。気づかなかったよ」

今日まで何一つ疑わずに使ってきた言葉だったから、きっと東京に来てから何度も言ってしまっていただろう。芹生さんが教えてくれたからよかったものの、他の同僚達の中には訝しく思いつつもスルーした人がいたかもしれない。そりゃ花瀬課長だって訛ってるなと笑いたくもなるだろう。

有名な方言に『ゴミを投げる』があって、それは僕も知っていた。上京した道民が本州の人に『ゴミ投げてー』と声を掛けたら、ひょいと投げつけられた――なんて小話があるくらいだ。

だがまさか、手袋を『填める』が正解だとは。教えてもらってなんだが、正直まだしっくりこない。

「もしかしたら、僕が知らずに使ってる方言がまだあるかもしれないな……」

思わず溜息をつけば、芹生さんが慰めるように言ってくれた。

「でも、そんなに気にならないですよ。東京っていろんなところから来る人が多いですから、方言を使う人だってちっとも珍しくありません」

聞いた話だと、東京本社にも東京出身の人はそこまで多くないらしい。芹生さんが配属されてきた時、『東京出身です』と名乗ったら少し驚かれていたことを覚えている。実際、千鳥さんのようにわかりやすい関西弁を話す同僚もいたし、珍しくないというのもその通りなんだろう。

「渋澤さんの言葉は聞き取りやすいですし、軍手のこと以外で引っかかったこともなかったです」

きれいな標準語で話す芹生さんにそう言ってもらえると、少しだけ安心できた。

「よかった。訛ってる自覚はあったから、気になってたんだ」

僕が胸を撫で下ろすと、芹生さんも表情を和ませる。

それから彼女は隣に立ち、

「呼び止めてしまってすみません、そろそろ行きましょうか」

と言い、僕を促してきた。

「そうだね、行こうか」

なんでもない調子で歩き出すと、芹生さんもついてくる。その横顔をちらりと窺うと彼女もこちらを見ていて、目が合った。途端に穏やかな微笑を向けられ、僕まで自然と笑顔になる。

少し前なら『先に行きますので失礼します！』と言い残されて、アスリートのように走り去る彼女を見送るだけだった。だが最近ではこうして朝に行き会えば一緒に出社することもあって、並んで歩けるようになった距離感を感慨深く思ったりする。

僕たちは少し仲良くなれただろうか。

今のところ、僕は芹生さんのことをよく知っているとは言いがたい。以前よりも近くなれた気はするが、それでもただの同僚の域は出ていない。あくまでも仕事の延長線上の会話、という感じしかしないのが残念なところだ。

もちろん希望がないわけではなく――例えば彼女がどうして僕の方言をわざわざ調べてくれたのか、その意味を想像してちょっとくすぐったい気分にもなったりする。

「にしても、軍手を『填める』か……」

まだ言い慣れないその表現を口にしてみると、隣で芹生さんがくすっと笑った。

「違和感ありますか？」

「すごくあるよ。本当、教えてもらえて助かった」

「いえ、興味があって調べただけですから」

芹生さんはそう答えた後、はっとしたように言い添える。

「あの、興味本位というわけではなくて、渋澤さんが仰ることを聞き間違えないようにしたいなと思っただけです、私」

「そっか……うん、嬉しいよ」

僕が喜んだのを見てか、彼女も恥ずかしそうにはにかんだ。

その横顔にほのかな幸福感を覚えつつ、ふと不安になったので確認しておく。

「念のため、聞いてもいいかな？」

「は、はい。なんでしょう？」

「鍵を『かう』は、東京でも言うよね？」

「……鍵は、『掛ける』かなって思います」

遠慮がちに答える芹生さんに、またしても衝撃を受ける僕だった。

全く、方言はどこに潜んでいるかわからない。

勤務中の芹生さんはいつもてきぱきとしていて、まさに八面六臂の働きぶりだ。朝はみんなよりも早めに出勤して職場の清掃を済ませておいてくれる。総務課全体の進行も把握していて、手が足りないところには率先して補佐に向かう。みんなが苦手がる電話対応や勤怠管理も率先してやってくれるし、またその仕事が完璧だった。

「渋澤さん、先月の購買データを上げておきましたので共有をお願いいたします」

「わかりました」

彼女は購買管理も担当しているが、そのデータ集計はいつでも迅速かつ正確だ。精査する方としても実にありがたい。

「それと今月の健康診断、申し込みされた方々への通知メールを作成しました。ご確認いただけますか？」

「はい」

言われてメールを確認すると、日程、時間、場所、検査内容、そしてもちろん当日までの準備と所持品、注意事項まで一つの漏れなく記載されていた。このまま送信してしまっても問題のない出来だ。

「問題ありません。完璧だ」

僕が思わず本音を添えて称賛すると、芹生さんは控えめに微笑む。

「よかったです。では課長にも確認いただいた上で通知いたします」

「お願いします」

健康診断と言うと毎年のように、日時を忘れただの場所がわからないだの、挙句『朝ごはん食べてきちゃったんですがどうしたらいいですか』だのという問い合わせが総務に来るものだが、これだけ丁寧に記されていればさすがにないだろう――もちろん『通知されてました？　見てませんでした！』の可能性はあるかもしれないが、そこは追撃の通知メールで潰していくことにしよう。

ともあれ芹生さんの仕事ぶりはいつでも完璧であり、僕はもちろん総務課全体からの信頼も厚い。あの脚の速さは勤務中でも相変わらずで、さっきまで僕のところにいたかと思うと次の瞬間には課長のところで別の指示を受けている。その手早さ、まめまめしさは見ていて気持ちがいいほどだ。

見ているばかりではなく、僕も見習わなくてはな。そう思って先程頼まれた購買データを開いたところで、芹生さんがこちらに戻ってくる。

他にも何か用かと思ったら、身を屈めて囁くように、

「渋澤さんも今月、健康診断ですよね」

と言ってきた。

「会場が去年と変わっているので、もしわからなかったらいつでも聞いてください。あの辺迷いやすいですから」

そんな言葉が後に続いて、僕が思わず目を瞬かせると、もじもじしながらさらに言い添える。

「あの、お節介かもしれませんけど……」

「そんなことない。ありがとう、心強いよ」

僕も小声でお礼を言ったら、芹生さんは照れたように微笑んでくれた。

仕事ができるだけではなく、彼女はとても優しい人だ。

もっとも、芹生さんが優しいのは僕だけに限った話ではない。

僕の見ている限り、社内では芹生さんが優しい人だという評判が定着している。みんなからも何かというと頼りにされていて、彼女はその信頼に応えようと頑張っているようにも見えた。

営業部の千鳥さんなんかは芹生さんをいたく気に入っていて、仕事でもそれ以外でもちょくちょく一緒にいるようだ。

「芹生さぁん、今日女子会せえへん？　みんなでお酒飲も！」

「あ、ごめん。終業後はちょっと……土曜なら空いてるんだけど」

「ええよええよ、うちらが合わすわ！　芹生さんがおらんと始まらへんもん」

帰宅後はすぐ寝てしまう芹生さんの事情を知ってか知らずでか、千鳥さんはよく彼女を飲み会に誘っている。札幌にいた僕と播上がそうだったように、本社でも年代の近い女子社員同士で交流があるようだ。芹生さんも誘い自体は嬉しいのか、積極的に飲み会のセッティングを手伝っているのを見かけたことがある。

「田町駅周辺ならお店いくつか知ってるよ。予約入れておこうか？」

「さすがやね芹生さん、頼りになる！」

頭一つ分小柄な千鳥さんに抱きつかれ、困り笑顔の芹生さんが棒立ちになっている姿も見た。あの距離の近さは同性の特権というやつだろう。

もちろん総務でも芹生さんは人気者だ。花瀬課長も彼女の働きには一目置いているようで、本社勤務一年目とは思えない重用ぶりだった。

「芹生さん、健康診断の告知はできてる？」

「はい。渋澤さんにも確認いただきました」

「じゃあそれ送信しておいて。あ、先週の防災訓練の映像はどうなってる？」

「映像データは広報からいただいてあります」

「それ今日のミーティングで使うから、すぐ出せるようにしておいて」

「かしこまりました」

さながら課長秘書のように名前のない仕事をあれこれと任されていた。彼女一人に負担を掛けるのも忍びないので、僕も極力手を貸すようにしている。

「芹生さんは働き者ですごいね」

ミーティング前、彼女と会議室で二人きりになった。映像データの頭出しをしながら僕が褒めると、机の傾きを直していた芹生さんが照れたような声で言う。

「ありがとうございます。せっかく本社に呼んでいただいたので、精一杯頑張りたいと思いまして」

「うわ、本当にすごい。僕も見習わないとな……」

せっかく呼んでいただいた、なんてあんまり思ったことなかった。むしろ地元恋しくて帰りたくなっていた僕は、彼女のその真摯さに自らを省み、恥じるばかりだ。

「渋澤さんだってすごく頑張ってますよ。単身北海道からこちらに来て、仕事はもちろん一生懸命ですし、自炊までこなしているんですから」

「ありがとう。自炊はまだ『こなしてる』ってほどでもないけど」

毎週火曜日のお弁当作りは続けているし、近頃では週にもう一、二度ほどお弁当を持ってくることもできていた。ともすればレパートリーが単調な僕に、播上は北海道からまめまめしくレシピを送ってくれる。お蔭で作れるメニューもずいぶん増えてきた。

もっとも夕飯に関して言えば、疲れて帰って適当に済ませてしまうことも多かったし、まだ料理男子を名乗れるほどではないだろう。それでも余裕のある時にはご飯を炊いて味噌汁を作ったりもするし、それが苦痛にならなくなってきたのは進歩かもしれない。

「私なんて全然ですから。相変わらず、家に帰ったらすぐ寝てしまうんです」

苦笑気味に首を竦めた芹生さんに、僕は近頃疑問に思っていたことを尋ねた。

「芹生さんは今でも一人暮らし？　地元、東京なんだろ？」

変な下心があって尋ねたわけではない。念のため。

地元にいるなら実家で暮らしてもいいんじゃないか、と思ったからだ。僕も大学時代から家を出て一人暮らしをしていたし、その苦労と面倒さ、それらと引き換えになる自由と開放感は十分すぎるくらい理解している。ただ芹生さんは帰宅後すぐに寝てしまうくらいお疲れのようだし、本社勤務に慣れるまでは実家暮らしという選択肢もあるように思った。

もちろん各ご家庭の方針もあるだろうし、実家で暮らすことをよしとしないご両親もいるだろう。今のはもしかすると立ち入った質問だったかもしれない。場合によっては謝ろうと身構える僕の前で、芹生さんは静かに頷いた。

「はい。でも私、社会人になったからには自立しなければと考えているんです。実家へ戻るとどうしても甘えてしまいますし、そのくらいなら一人暮らしをして、公私ともに大人にならなくてはなと考えました」

予想していた以上に、実に真面目な返答だった。このまま就職活動にも使えそうなコメントだ。

「そっか……さすがだね」

「いえ、自立できてるかどうかというと怪しいところなんですけど」

次の言葉はいくらか恥ずかしそうに続ける。

「去年一年間は静岡の営業所にいまして、今年度こちらに戻ってくることになったんです。両親は家に帰ってきてもいいと言ってくれたんですが、私の場合、やはり一人で生きていくためのスキルを身に着けなければと思いまして……言うは易し行うは難し、ですけど」

「一人で？」

なんとなくそこが引っかかり、僕は思わず聞き返した。

芹生さんがたちまち笑顔になる。

「はい。誰かに頼ったり甘えたりする生き方は私らしくないですから、ちゃんと一人で生きていけるようになりたいんです。今はまだいっぱいいっぱいですけど、仕事に慣れたら自炊だって……」

その考え方は、当然ながら立派なことだ。

誰だって可能ならばそうありたいと望むだろう。僕だってできるならそうしたいものだが、現状は全くだった。

でもそれを『私らしい』と評する芹生さんの言葉には、なんとも言えない違和感があった。彼女が言うほど、僕は芹生さんの『彼女らしさ』を知らない。僕が思う芹生さんは確かに自立だってできそうな、仕事もできるし気遣いにも溢れていてとても優しい素敵な人だ。だが僕に手を差し伸べてくれ、相談ともつかない愚痴に耳を傾けてくれた彼女が、自分自身は人に頼りたくないと思っているのなら――それはもちろん、間違ったことではない。ないのだが。

「芹生さんが思う『私らしい』って、どういう感じ？」

不思議に思う僕の問いに、彼女は一度小首を傾げてから、自信を持った様子で答える。

「一言で言うと、男勝りですね。ガサツで女子力ゼロなので」

予想もしていない答えだった。

あまりにも予想外すぎて二の句が継げない僕を見て、彼女が怪訝そうにする。

「どうかしましたか？」

「芹生さんが男勝りなんて、思ったこともなかったよ」

正直に告げると、彼女は黙って目を大きく見開く。ちょうど、さっき僕がしたのと同じ表情だと思われた。そうして見開いた目のまま、とても不思議そうに息をつく。

「思ったこともない……ですか？」

その時いきなり会議室のドアが開いて、他の課員が姿を見せて——僕らの会話もそこで一旦打ち切りとなった。僕は釈然としなかったが、他の人のいる前でこの話題を続ける気もなかったし、そのうち定例ミーティングが始まって、芹生さんから詳しく聞き出すタイミングを逸してしまった。

男勝りというのは、文字通り男性相手でも物怖じしない勝気な女性のことを指す。

今となっては時代遅れな単語のような気もするが、それはそれとして芹生さんがそう自称したのはあまりにも意外だった。僕が思う芹生さんには全く当てはまらないからだ。

彼女が異性どころか誰かに勝気な振る舞いをしたところを、僕は一度も見たことがない。それどころか彼女は僕にだけではなく、誰にでも優しい。その気遣いはいつだって細やかだし、仕事に関して言えばそれほど我を見せるタイプですらなかったと思う。

そういうわけだから、ガサツだというのも納得がいかない。もしかすると彼女は『自炊をしない＝ガサツ』くらいの考え方でいたのかもしれないが、それならばガサツな人間がずいぶん多いということにならないだろうか。以前の僕だってそうだった。彼女の自分への評価はあまりにも低すぎて、謙遜めいた冗談だったのではないかとさえ感じている。

ただ一方で心当たりもあった。花火大会に行く話をした時、浴衣を着るのかと尋ねた僕に、彼女は笑って言った。

『まさか！　そんな柄じゃないですよ』

かわいい子ばかりで行くから自分はボディガード役だ、とも言っていた覚えがある。

もしかすると、芹生さんは本気でそう思っているのかもしれない。男勝りでガサツで、浴衣を着るような柄ではない。女性ばかりで出かける時はナンパ避けが自分の役目。そう思っていたから、以前僕がパーティードレス姿を褒めた時も反応に困っていたのかもしれない。

あの時、本当に似合っていたんだけどな。

ミーティングの後、僕はいつものようにお弁当を持って休憩室へ向かった。

少し早めの昼休憩で、広い休憩室には人影もまばらだ。別に理由もなく窓際の席に座るのは、芹生さんが以前この席を取っておいてくれたからだった。九月に入っても街に降り注ぐ陽射しの強さは相変わらずで、まだまだ秋めいてきたという様子はない。ただ帰りに戸外を歩く時、ほんの少し肌寒さを感じる夜はあった。

僕が温めた後のお弁当箱を開こうとすると、

「渋澤さん」

期待していた声に名前を呼ばれ、ゆるむ口元を引き締めながら顔を上げる。

スポーツブランドの手提げ袋を持った芹生さんが、すぐ傍らに立っていた。目が合うと柔らかく微笑んでくれる。その笑い方からも、男勝りなんて印象は全くない。

もっとも、僕はまだ職場以外での彼女を知らない。同僚たちの前では穏やかな彼女も、親しい友人の前ではフランクな話し方をするだろうし、そういうところに男勝りな一面が本当にあるのかもしれない。想像がつかないからぜひ一度見てみたい。

「お弁当作り続いてるんですね。今日は何を作ってこられたんですか?」

尋ねてくる彼女にさりげなく椅子を引いてあげると、少し恐縮した様子で頭を下げられた。

「ありがとうございます」

それでも同席を拒まれることはなく、僕は内心嬉しく思いながら答える。

「今日はドライカレーなんだ」

「ドライカレー! いいですね!」

メニューを聞いた途端、芹生さんの表情が明るくなるのもまた嬉しい。

今朝言われていた通り、健康診断の日がもうすぐだった。特に心配事のない僕ではあるが、それでも健康診断の日取りが近づいてくるとなんとなく野菜を食べなければと思うようになる。特に今年はお弁当作りを始めたので、献立に野菜を取り入れやすくなった。

本日のドライカレーは例によって播上からレシピを教わった一品だ。カレー粉から作ると聞いて一瞬しり込みしかけたが、みじん切りした野菜や挽き肉と炒めてトマトジュースで伸ばすだけで、それほど難しくはなかった。美味しくできていることは既に家で確認済みだ。

「よかったら一口食べる？」

「いいんですか？」

芹生さんは聞き返した後、いそいそと手提げ袋を開ける。そして中から小さな袋菓子を取り出して、僕にくれた。

「これ、お礼と言うにはささやかですけど……」

「ありがとう。美味しそうだね」

僕も遠慮をせずそれをいただく。火曜日に僕がお弁当を持ってくることは芹生さんもわかっていて、いつもコンビニなどでお菓子を購入してきてくれた。お弁当を分けてもらったお礼ということだろう。

今日のお菓子はレーズンサンドだった。二枚のクッキーの間にレーズンバターが入った美味しいやつだ。北海道のお土産にもバターサンドがあるが、僕はあれが大好きだった。

「渋澤さんが前にバターサンドをお好きだと言っていたのを思い出しまして。コンビニのですから、味は違うかもしれませんけど……」

芹生さんは僕がほんの一言話したことですらよく覚えてくれている。そういうところも、嬉しい。

僕はいい気分でドライカレーを取り分ける。お弁当箱の蓋にご飯とカレー、それとスライスされた茹で卵を載せる。茹で卵は作り慣れていないせいか黄身が少し偏って(かたよ)いたが、カレーの彩りとして添えるのには問題なかった。

持ってきた予備のスプーンも手渡すと、芹生さんは深々と頭を下げてくる。

「ありがとうございます、いただきます」

そうしてスプーンでドライカレーとご飯を掬(すく)い、まずは一口。その一口めの表情をついつい盗み見てしまうのもいつものことだ。

芹生さんが微笑んだ後、うっとりと目をつむって味わってくれていたら大成功の証だった。

「美味しいです！」

「よかった。カレーって人によって好みとかあるからさ」

「かなり好みの味わいでした！　お野菜が入ってて、食感が楽しめるのもいいですね」

ドライカレーの具は玉ネギ、ニンジン、ピーマンと豚挽き肉。野菜をみじん切りにするのはそこそこ骨が折れたが、その作業さえ終えればあとは炒めるだけの簡単調理だった。トマトジュースをたっぷり入れたカレーは僕も好みだったので、これからの定番カレーにしよう。

「もう食べ終えちゃう……はあ、すごく美味しかったです」

とても名残惜しそうに、芹生さんがドライカレーを食べ終えた。少ししょんぼりしながら手を合わせてくる姿に、もっと食べさせてあげたいな、と最近思う。

前にもお弁当を作ってきたことはあったが、あれは彼女がかねてから食べたがっていた豚丼だったからだ。結局材料費ももらってしまったし、なんの理由もなく『作ってきてあげようか』と言っても芹生さんなら遠慮してしまうような気がする。僕だってお金をいただけるほどの腕があるわけではないのだし。

何か、あの時の豚丼みたいなメニューがないだろうか。

機を窺う僕の目の前では、芹生さんが持参してきたコンビニおにぎりを食べ始めている。手のひらサイズの三角おにぎりを両手で持って食べる姿は、彼女の言う男勝りとは程遠い。一体、何をもって彼女は男勝りを自称しているんだろう。

そのことを突っ込んで聞いてみようか、考えながら僕もドライカレーを食べる。

ちょうどその時、僕らのテーブルの傍を通りかかった人が、

「あれ、芹生さん。渋澤さんと一緒なん？」

どこかで聞いた関西弁で声を掛けてきた。

僕らは同時に顔を上げ、千鳥さんの姿を見て芹生さんの表情が綻ぶ。小さく手を振りながら答えた。

「うん、ご飯食べてたの」

「へえ」

千鳥さんは僕と芹生さんの顔を見比べてから、おどけたように笑う。

「なんか最近仲ええやん。一緒におるとこ、よう見んで」

男女が頻繁に一緒にいるところを目撃されると、このように勘繰られることが

ある。それは札幌にいた頃、播上と清水さんが噂になっていたことからも重々承知していた。実際、休憩室に芹生さんといる時、ちらちらとこっちを窺う人の視線が気になったこともある。

個人的には真っ向から否定したい勘繰りでもないが、芹生さんに不快感を与えることだけは避けたい。僕としても第三者の横槍は歓迎しないので、どう答えようかと思っていると、

「やだな。私と渋澤さんは、男同士みたいなものだから」

いち早く芹生さんが、明るい声で答えた。

聞き違えたかと思ってぎょっとする僕をよそに——千鳥さんもなぜか得心した表情になる。

「そっか！　それもそうやね」

「え……？」

なぜ納得するのだろう。困惑する僕に向かって、彼女は身を乗り出すようにして告げた。

「渋澤さん、芹生さんはうちらの王子様なんです。変な目で見んとってくださいね！」

「は、はあ……」

釘を刺されてしまった。

僕がぽかんとしていると千鳥さんは芹生さんに手を振り、僕の方には会釈をくれてそのままテーブルを離れていく。

手を振り返した芹生さんがこちらに向き直ったので、とっさに声を潜めて問いかけた。

「王子様、って呼ばれてるの？」

「あ、はい。恥ずかしいですけど」

たちまち頬を赤らめた彼女が続ける。

「私、同期の子たちからは男の子扱いなんです。だからその、渋澤さんと一緒にいることで変な噂になることもないと思います」

男の子扱い、とは。

背も高いしボーイッシュな彼女ではあるが、さすがに男性と見間違うほどではない。ましてや男同士だなんて思ったこともない。どうも彼女や彼女の周囲と、僕が持つ印象には差異があるようだ。

「私、下の名前が『一海（かずみ）』っていうんですけど」

芹生さんは何も気にしていないそぶりで続ける。

「両親が言うには、生まれてくるまで性別がはっきりしなかったらしくて。男の子でも女の子でも通じる名前にしたそうなんです。そのせいかどうか、学生時代からずっと男子みたいな扱いされてました」

「想像できないな」

僕は素直に気持ちを告げたが、芹生さんはそのことに驚いたようだ。

「そうですか？　前にお話しした修学旅行前の怪我、あの時はクラスの子が誰も心配してくれなかったんですよ」

「え？　それは酷くない？」

「いえ、みんなの気持ちもわかるんです。女子バレーの後輩たちがすごく心配しちゃって、家まで迎えに来たり鞄を持ってくれたり……そんな感じだったので、男子からはむしろやっかまれちゃったんです」

慌てて否定した彼女が、それでも照れ笑いで語る。

「後輩たちのは、なんていうか、思春期によくある憧れみたいな感じだったんだと思います。昔から私、背が高くて男の子みたいだからって理由で女の子から好かれてて、男子には羨ましがられて。お蔭で修学旅行の時も『怪我したお蔭で後輩にモテたんだからよかったじゃん』みたいに言われちゃいました」

それは芹生さんにとっては、笑い話に過ぎない思い出なのかもしれない。

でも聞かされた僕は複雑な思いでいっぱいだった。怪我をして行きたかった修学旅行に参加できなかった、それだけでも十分悲しいだろうに、やっかまれて心配もされなかったなんてあんまりだ。何がよかっただ、ちっともよくないじゃないか。

僕がむっとしたところで昔の話だし、何より芹生さんが怒っていないのだからどうしようもないが。

「豚丼だって食べたかったのにな」

結局、そのくらいしか寄り添えないことに内心歯がゆさを感じる。

それでも芹生さんはどこか嬉しそうに頷いた。

「はい。でも渋澤さんに作っていただいて、その無念は晴れました」

その点に関しては、力になれてよかった。

もやもやするものはあったが、芹生さんが気にしていないのに僕が憤(いきどお)っても仕方ない。ここは気分を変えて、楽しい話題を振ってみよう。

「他に、修学旅行で食べたかったメニューとかってある？」

「そうですね……」

芹生さんは少し考えてから、あっと声を上げた。

「私たち、札幌でスープカレーのお店に行く予定だったんです」

「へえ、どこのお店？」

僕が店名を尋ねると、彼女はもう七年前の話だというのにちゃんと覚えていて教えてくれた。僕も何度か足を運んだことがある、札幌の有名店だ。そのことを伝えたらすぐさま食いつかれた。

「やっぱり美味しかったですか？」

「まあね。和風だし系だからあっさりめで、具だくさんなんだ。野菜も肉もごろごろ入ってて食べ応えあったよ」

あんまり詳しく話したらもっと悔しくなるかなと思い、控えめにしておく。それでも芹生さんはごくりと喉を鳴らしていた。

「やっぱり、北海道の方はスープカレー食べたことありますよね」

「店が多いからね。時々食べたくなるけど、そういえば東京ではまだ食べてないな」

東京にもスープカレーの有名店はある。だが芹生さんにとっては、大人になってから一人で食べるスープカレーにはなんの意味もないだろう。

一人じゃなければ、また違うのかもしれないが。

「スープカレー、食べたい？」

聞いてみると、芹生さんは期待に満ちた眼差しで僕を見る。

「作れるんですか？」

「作ったことはないけど、家で食べる派の人もけっこういたからな。播上に聞けばレシピを教えてもらえるかもしれない」

ドライカレーがあんなに簡単だったのだから、スープカレーもそう難しくはないはずだ。もちろんスープカレーで手がかかるのは存在感ある具の方だから、そちらは頑張らなくてはいけない。

何より、彼女にごちそうする口実ができた。

「もしできたら、また芹生さんの分も作ってこようか？」

逸（はや）る気持ちを抑え、表面上は冷静に振る舞う僕に、芹生さんは悩むようなそぶりを見せる。

「嬉しいです。でも私、渋澤さんのお世話になってばかりで気が引けます」

「大した手間じゃないよ。美味しいって食べてもらえるだけでいいんだ」

「でも……いつもごちそうになってばかりですから……」

他人に頼らず自立したい、そう話していた彼女はその理想と食欲の間で葛藤しているようだ。素直に食べたいと言ってくれるだけでいいのに。とはいえ一口二口貰うのと、お弁当ごと作ってきてもらうのとでは訳が違うか。

それならと、僕は交渉を持ちかける。

「じゃあ芹生さんに、一つ頼みがあるんだけど」

「私にですか？　なんでしょうか」

「この辺りでお弁当を食べられる公園を探してるんだ。暑さも和らいできたし、たまに外で食べてみたくてさ。昼休み中に行って帰ってこられる公園知ってたら、教えてくれないかな」

田町まで通勤はしているが、この辺りの地理には未だに明るくない。こういう頼みなら東京生まれの芹生さんがまさに適任だろう。

案の定、彼女は途端に元気になって答えてくれた。

「それでしたらお力になれます！」

「よかった。じゃあスープカレー作ってくるから、その時案内してよ」

「とっても楽しみにしてます！　材料費もその時に――」

「あ、それはいいよ。今回はお礼ってことで」

僕は芹生さんを押しとどめ、でも、と言いたげな彼女に告げる。

「それより無事にスープカレー作れるか、応援してくれるかな。作るの初めてなんだ」

すると彼女はまた笑顔になって、大きく頷いてくれた。

「はい！」

帰宅後、播上にスープカレーの作り方を尋ねると、すぐに詳しく教えてくれた。

『この間のドライカレーの作り方、あれを応用すればできる。最初に炒めるのはショウガだけにして、小麦粉とカレー粉を入れてさらに炒めたら鶏がらスープで伸ばす。スープはこれで完成だ』

メッセージで送られてくる播上のレシピはわかりやすくて助かる。教え慣れているんだろうなとつくづく思った。

『具材に何を入れるかにもよるが、野菜は一緒に煮こんでも揚げ焼きにしてもいい。ただジャガイモは煮溶けないように注意が必要だ』

この時期だと播上のオススメはナスやオクラだそうだ。それらの調理法も教えてくれたので、僕もお礼のメッセージを送っておいた。

それにしても、レシピは丁寧に書いて送ってくれるくせに、自分の近況などは載せてこないところが相変わらずだ。最近の播上はどうも忙しいようで、休日などにメッセージを送っても返事があるのは半日後、ということもよくあった。それならそれで『忙しいから』と言ってくれてもいいのに、ちゃんと返事をくれるところは義理堅い。

とはいえこちらも報告するような近況もないし、また何かあったら連絡する、とやり取りを終えた。最近、職場の女の子と仲良くなったんだ、などという話もいつかできたらいい。それまでにもうちょっと仲良くなれていたらいいのだが。

そのためにも、スープカレーを練習しておこう。

鍋に油を引いたらすりおろしたショウガを入れ、低温で炒める。香りが立ってきたらカレー粉と小麦粉を入れ、さらに炒める。焦げつかないように始終手を動かす必要があるのでここだけは大変だ。一分半ほど炒めたら、鶏がらスープを静かに注いでカレーを伸ばしていく。

よくかき混ぜてから味見をすると、たしかにスープカレーの味がした。店で食べるスープカレーは各々個性があって、和風ならあの店、スパイス強めならこの店——というふうに気分に応じて食べ歩いたものだが、自分で作ったスープカレーはマイルドで食べやすい、初心者向けな味わいだ。これなら芹生さんにも美味しく食べてもらえるだろう。

具材は播上にお勧めされた通りのナスとオクラ、それにカボチャと豚肉に決めた。油の始末が面倒そうなので揚げ物は全く作ったことがなかったが、少なめの油で揚げ焼きにすると素揚げみたいに仕上がるし、片づけも楽だ。もし可能なら当日は茹で卵もつけよう。ドライカレーにはぴったりだったし、スープカレーにだって間違いなく合う。

芹生さん、喜んでくれるだろうか。

誰かのために料理をする、なんて去年までの僕なら考えられなかった。他人に食べさせることに抵抗がなくなったのも最近のことなら、食べさせたいと思うようになったのもやはり最近のことだ。芹生さんだから、なのかもしれないが——次に帰省したら実家の両親や祖母にも作ってあげようかな。きっと『瑞希（みずき）がちゃんとした料理を作るなんて』とびっくりされることだろう。

お弁当を持っていく日は、天気のいい日でなければいけなかった。

週間予報を毎日チェックして、確実に晴れそうな日を待つ。火曜日でなければいけないわけではなかったが、たまたま次の火曜日が好天のようだったのでそこに決めた。前日には芹生さんに連絡も入れ、了承もらっておく。

『明日ですね。天気予報によればまさに好日、楽しみにしています！』

彼女からの返信からも期待の色が窺えて、俄然張り切る気持ちになった。

迎えた火曜日は文句なしの秋晴れだった。

朝から空には雲一つなく、少しだけ吹いてくる風も夏とは違い爽やかだ。お弁当を携え上機嫌で出社すれば、先に来ていた芹生さんがこっちを見て微笑んでくれる。

「おはようございます、渋澤さん」

僕に駆け寄ってきて何か聞いてきたり、改めて約束を確認したりはしない。だがその笑顔が少しだけはにかんでいて、今日の約束をこっそり確かめようとしている。僕も普通の挨拶ついでに目配せを送っておいた。

午前中は定例ミーティングをこなし、無事昼休みに入った。僕らは示し合わせて職場を抜け出し、秋空の下へ出る。

「行き先は芝浦公園です」

「初めて聞く名前だ。ここから近い？」

「歩いて五分くらいですよ」

東京の人は歩くのが速いから実はそこそこあるのでは、などと思ったのは杞憂で、本当に職場や田町駅から目と鼻の距離にあった。周囲にぐるりとビルが建つ中、ぽっかり空いた芝生と遊歩道の公園だ。高い柵などはなく植え込みと並木で仕切られた園内は解放感があり、昼時ということもあってちらほらと人の姿があった。

不意に頭上で空を切るような音がして、視線を上げると公園のすぐ傍に高架があった。ちょうどそこを青いラインのモノレールが走っていくところで、颯爽と走り抜ける姿を思わず見守ってしまった。

「今のは羽田から乗れるやつかな？」

「そうです、東京モノレールですね」

「懐かしいな。初めて東京来た時に乗ったよ」

あの代々木のアパートを借りる前、内見に行くために上京した。その時に羽田空港から浜松町までモノレールに乗ったのを覚えている。見慣れない街並みが流れていく車窓を眺めては、僕もこれからここで暮らしていくんだと感傷に耽ったひと時だった。

遊歩道沿いに園内を進むとベンチがあり、その奥にはいくつかの子供用遊具が見える。さらに向こうにはバスケットコートなんかもあるようだが、さすがにこの時分バスケをしている人はいなかった。

「この辺でいかがでしょうか？」

芹生さんが、イチョウの木の下のベンチを指差す。

特に異論はなかったので、二人でそこに並んで座った。

「連れてきてくれてありがとう。こんな近くに広い公園があるとは知らなかったよ」

僕が率直に驚きを語ると、芹生さんは得意そうに胸を張る。

「この辺りはたくさん公園があるんですよ。ここは割と新しくできたところなんですけど、春には桜が咲いてとてもきれいなんです」

「へえ。よく来るの？」

「はい、たまに」

彼女は大きく頷いた後、恥ずかしそうに言い添えた。

「いつもコンビニのご飯ですから……休憩室で食べてると恥ずかしいこともあって」

これほど開放感のある公園で食べたらなんだって美味しいに違いない。今の時期は心地いい風も吹いているし、緑の匂いも穏やかだ。

それならばと僕は持ってきたお弁当を開いた。スープカレーはスープジャーに入れてきて、深めの紙皿に二等分する。そこに具材のナスやオクラやカボチャなどを添えて、スープカレーは完成。ご飯は保存容器に入れてきた。冷たいままなのがちょっと惜しいが、スープカレーは熱々なので美味しくは食べられるはずだ。

「わあ……！」

スープカレーを手渡すと、芹生さんは小さな子みたいな歓声を上げた。

「美味しそうですね！　ずっと楽しみにしてたんです」

「君の口に合うといいんだけど。どうぞ、召し上がって」

「渋澤さんのお料理なら絶対美味しいですよ。いただきます！」

スプーンを持つ手を合わせた彼女が、まずスープを一口掬って味わう。少し意外な味だったのだろうか、驚いたようにその目を瞠った。

「意外とスープ寄り……あ、じわじわ辛くなる感じなんですね」

「一口めは辛くないなって思うんだ。店にもよるけど」

スパイス強めに作る店もあるが、だいたいのスープカレーは最初の一口にスープの旨味の方が出る。それで調子に乗って勢いよく食べ始めると後から辛くなってくるから、ご飯と一緒にゆっくり味わうのがいい。

「カレーみたいに、ご飯と一緒に掬って食べるのがいいよ」

説明しながら、僕も最初の一口をいただく。冷たいご飯が温かいスープでほぐれて、炊き立てご飯とはまた別の美味さだ。鶏ガラスープとカレーの香りが食欲を一層そそるから、次々とスプーンが進んだ。

芹生さんも見様見真似みたいに僕と同じ食べ方をする。ご飯とスープを一緒に口に運ぶと、思わずといった様子で微笑み、そして目をつむった。

「美味しい……！　念願のスープカレー、やっと食べられました！」

「好みに合ったならよかった」

僕が胸を撫で下ろす横で、芹生さんは嬉々としてスープカレーを食べ始める。素揚げして脂の乗ったナスやオクラ、薄切りにしてこんがり焼いたカボチャ、それに茹で卵を次々と味わい、そして溜息をついてみせた。

「ごろごろした食べ応えある具材と、身体が温まる味わい深いスープ……まさに北海道を体現しているカレーだと思います」

「普通のカレーとはまた違った味わいがあるよな」

旨味たっぷりのスープに浸して食べる野菜は美味しい。火を通して柔らかくなったナスにはスープがよく染み込むし、素揚げのオクラは噛むと種がぷちぷちと音を立て、一本一本が食べ応えあった。カボチャのほんのりした甘さはスープの辛さを引き立ててくれて、具材ごとに異なる味と食感を楽しめる。そして言うまでもなく、カレーの香りとスープの芳醇（ほうじゅん）さはご飯との相性も抜群だ。

頬をくすぐる秋風に吹かれつつ、僕らはのんびりとランチを楽しむ。

「北海道だとカレーはみんなスープカレーなのかと思ってました」

「そうでもないよ。僕もそうだけど、別物として食べてる感じ」

スープカレーは北海道では歴史の浅い食べ物だそうで、現にうちの祖母なんかは食べたことがないと言っていた。それでも札幌市内には驚くほどたくさんの店が建っているし、今となっては東京でだって食べられる。市民権を得るとはこういうことなのだろう。

「ありがとうございます。また一つ、無念が晴れました」

芹生さんがそう言ってくれたので、僕も心から喜んだ。

「そう言ってもらえて嬉しいよ。芹生さんに美味しく食べてもらいたくて頑張ったんだ」

するとと、彼女は不意に僕から目を逸らす。心なしか強張った横顔が、何か言葉を探すみたいに視線をさまよわせているのがわかった。

暖かい日の降り注ぐ、過ごしやすい日だった。遠くの遊具で遊ぶ子供たちの声が聞こえてくる。そんなのどかな空気の中、芹生さんだけが緊張した様子で口を開く。

「渋澤さんって、瑞希さんって仰るんですよね」

急に名前を呼ばれて、少し驚いた。

僕が動揺したのがわかったのか、彼女もたちまち慌てた様子を見せる。

「あの、別に調べたとかじゃないんです。たまたま名簿が目に入って、そんなお名前なんだって思っただけで……！」

「そうだよな、うん」

同じ課で働いているんだし、フルネームくらいいくらでも知る機会はあるだろう。それでなくても総務課は社員の個人情報を扱う部署だ。

そもそも僕だって、今みたいに仲良くなる前から芹生さんの名前を知っていた。

芹生一海。すごく彼女らしい名前だと思ったから覚えていた。

「とても、きれいなお名前だと思います」

芹生さんがぼそりと続ける。

「渋澤さんにぴったりのお名前です。宝石のようにきれいで、美しくて、貴い人っていう意味の……」

珍しくたどたどしい口調で、耳まで赤くして、それでもどうしても言いたくなったのがその言葉だったのだろう。言い終えた後で彼女は、困ったように俯いてしまった。

「急にすみません。脈絡なくて、でも、ずっと思っていたことで」

彼女がどうしてそんなことを言ってくれたのか、わからないほど鈍感ではない。

「ありがとう」

僕は感謝を口にしてから、思っていたことを告げる。

「一海さんって名前も、すごくきれいで素敵だと思うよ」

途端に彼女は面を上げて、とても困惑したような眼差しを向けてきた。頬は赤く、眉は下がっていて、風に揺れる前髪が彼女の内心を表しているみたいに見える。

「そんな……そんなこと、ないです」

弱々しい反論だった。

「私の名前、男の子みたいですし、全然素敵じゃないです。昔からこの名前でいいことなんてなくて――」

そこまで言ってしまってから、はっとした様子で言い直す。

「もちろん、私にはぴったりだと思ってますけど」

取り繕ってはいるが、彼女は、傷ついてきたのかもしれない。

男の子扱いされること。怪我をして修学旅行を休んだのに、よかったじゃん、なんて言われたこと。からかいまじりの冗談を彼女自身も笑い飛ばしたり、受け入れたりしながらも、心のどこかで嫌だと思っていたのかもしれない。

僕からすれば芹生さんは、すごくかわいい女性なんだけどな。

「きれいな名前だと思うよ。一つの海って書いて一海、優しくて包容力がありそうって感じがする。波の静かな、凪いだ海と水平線が思い浮かぶような名前」

思いつくままに告げると、芹生さんはうろたえたようだ。わかりやすく目を泳がせた。

「あ、あの、褒めすぎですから……」

そうして思い出したようにスープカレーを一口啜った後、消え入りそうな声で言う。

「でも、ありがとうございます……」

秋の陽射しは柔らかく降り注いで、芹生さんの髪を明るく透かしていた。うっすらと茶色がかって見える髪がきらきら光って、恥ずかしそうに俯く横顔を彩っている。

その姿を眺めていると、時間が止まればいいのにと思えてくるから困ったものだ。昼休みには限りがある。スープカレーを食べ終えたら、僕らは職場に戻らなくてはいけないのに。

せめて時間が許す限りはこの時間を楽しみたい。そう思い、僕は話を続ける。

「そういえばさ、僕も瑞希って名前で女の子に間違われたことあるよ」

芹生さんがちらりとこっちを見た。

「渋澤さんがですか？　……小さな頃とか？」

「いや、大学の時。友達が大勢で遊ぶ時『瑞希も呼ぼうか』って言ったら、僕と面識なかった奴らが女の子だって期待しちゃったみたいでさ。何も知らない僕が駆けつけたら、露骨にがっかりする連中がいて……」

「それは、困った勘違いですね」

わずかにだけ、彼女が笑ってくれる。

僕もほっとして、さらに続けた。

「だから誤解を生みやすい名前だなとは思ってる。芹生さんと一緒だね」

「本当ですね」

芹生さんがまた、くすっと笑う。

「渋澤さんもやっぱり、どちらの性別でもいいようにって名付けてもらったんですか？」

「どうだろ……そういう話は聞いてないな。ただ、母方の祖母がつけてくれたんだってことは知ってる」

そういえば、きれいなものが好きな祖母だった。札幌にある古い家にビスクドールを飾っていた。パーティードレスを着た芹生さんに、とてもよく似た人形だった——。

「うちの祖母は訛っていてすごいんだ。芹生さんが会ったら、何言ってるかわからないかもしれない」

僕が言うと、彼女は怪訝そうに瞬きをする。

「そんなにですか？　渋澤さんを見てる限り、わからないくらいの訛りは想像できません」

「僕以上にすごいからね。鍵のことは『じょっぴんかる』って言うし、僕が子供の頃に駄々こねたら『ごんぼほり』って呆れられたし」

お盆に電話をかけた時も相変わらず元気に訛っていて、僕の方が引きずられそうになったくらいだ。

「すごい！　知らない言葉ばかりです」

卒論で方言を扱おうか迷ったという芹生さんは、俄然興味を覚えたんだろう。

そしてこちらに膝を進めてきたかと思うと、感嘆の声を上げた。

「北海道の言葉、もっと教えてください」

「そうだな……」

僕は好奇心に輝く彼女の目を見つめ返しながら、一つ、思い浮かんだ言葉を口にする。

「『あずましい』は、祖母だけじゃなくうちの両親もよく言うな」

「あずましい？　どういう意味になりますか？」

「落ち着く、というか、清々(せいせい)して気持ちがいい、というか……ちょっとニュアンスが難しいんだけど」

　標準語でもわかりやすく伝えるために例文を挙げてみた。

「例えばうちの母親は外食が苦手な人でさ。『外で食べるとあずましくないから』って言うんだ。逆に家に帰って、家族だけで食卓囲むと『あずましいね』って言うよ」

「なるほど……落ち着く、って意味がわかります」

　真面目な顔で頷く彼女に、僕もどこかほっとする思いで笑う。

「方言だからみんなには通じないけど、僕は好きな言葉なんだ」

　落ち着くというか、清々しているというか、居心地がいいというか——。ちょうど今みたいな気分の時にも使う。ぽかぽかと暖かい秋の陽気、吹きつける風は爽やかで緑の匂いがする。お昼休みには限りがあるがもう少しここにいたいと思う、隣に芹生さんがいるから。

　彼女が傍にいるとどきどきする。でも同じくらい、居心地がいい。あずましい。

　芹生さんはどう思っているんだろうか。残りのスープカレーを上品に啜った後、大きく息をつく。

それから秋の陽射しに目を細めた後、ぽつり言った。

「あずましい」

外国の言葉を初めて口にするみたいに、恐る恐る言った後、僕の方を見てはにかんだ。

5、休日デートにちくわパン

どこかで嗅いだような、甘い花の香りがした。

「……なんの香りだろ？」

思わず声に出して呟けば、隣に座る芹生(せりう)さんが指を差す。

「金木犀(きんもくせい)でしょうか。ほら、もう花が咲いてます」

彼女のすらりとした手が指し示した先には、見慣れない花をつけた植木があった。黄色に近いオレンジ色のごく小さい花が、細長い葉の付け根に寄り集まって咲いている。

十月の芝浦公園には涼しい風が吹いていて、木々の枝葉を揺らしていた。金木犀の香りもその風に乗って、僕らが座るベンチまで届いてきたようだ。

「これが金木犀か、初めて見たな」

僕が驚くと、芹生さんはもっと驚いたようだった。

「そうなんですか？　北海道にはなかったとか……」

「ああ。実物を見たことなかったんだ」

「へえ、やっぱり植生が違うんですね」

梅と桜がほぼ同じ時期に咲くとか、桜といえばソメイヨシノよりもエゾザクラが定番だとか、北海道では当たり前のことが本州ではそうじゃないのが面白い。そして僕がそういう話をすると、芹生さんはいつも楽しそうに目を輝かせて聴き入ってくれる。

「北海道では梅と桜、何月に咲くものなんですか？」

「五月くらいかな。上手くいけば連休に間に合う感じ」

「へえ……じゃあ『梅花の頃』が五月になるんですね」

「そういうこと。場所によっては桜と一緒に咲いてるところも見られるよ」

ちなみに芹生さん曰く、本州では梅は二月から三月にかけて咲くものだそうだ。梅は百花(ひゃっか)の魁(さきがけ)、という言葉もあると教えてくれた。

「だから梅には、春告草(はるつげぐさ)という呼び方もあるんです」

「春告草か、いいね。梅が咲いたら冬の終わりがわかるんだ」

北海道でもある意味、五月は冬が過ぎ去ってほっとする時期かもしれない。この頃なら根雪もすっかり解けているし、滅多に雪も降らない。たまに陽射しがぽかぽか暖かい日があって、時折吹く風に震えながらも屋外でジンギスカンができる。ちょうどそういう時期に梅が咲くということか。

　僕が遠い故郷の春を思い返していると、芹生さんがふと香る金木犀に目を向ける。

「『秋告草』がもしあるなら、私は金木犀だと思うんです」

　秋のように涼しげな眼差しが、小さくかわいらしい花をいとおしげに見ていた。彼女は美しい草花と、美しい言葉を好んでいる。そのみずみずしい感性を、僕は少し眩しく思いながら見つめていた。

「確かに、金木犀が咲いて、あの香りがすれば秋が来たってわかるもんな」

「ええ」

　頷いた芹生さんが、その後でくすくす笑う。

「もっとも私の場合、金木犀より先に食欲の秋を感じることが多いです」

「お腹空いた？　そろそろお弁当にしようか」

「はい！」

　明るい返事と屈託のない笑顔に、無性に幸せを感じる今日この頃だ。

　火曜日には二人で公園ランチをする。最初は特別な約束だったが、今ではすっかり習慣になっていた。僕は二人分のお弁当を作るのが苦ではなくなっていたし、芹生さんもまだいくらかは遠慮しつつ、僕のお弁当を嬉しそうに食べてくれる。

今日のメニューはタンドリーブリ。播上が教えてくれたタンドリーチキンのレシピをブリにも応用してみた。塩コショウをしたブリの切り身をカレー粉、ケチャップ、ヨーグルトを合わせたタレに漬け込んで焼いたものだが、簡単な割にとても美味しいのがいい。

他にはポテトサラダとブロッコリーの胡麻和えを添えて、彩りのいいお弁当に仕上げた。

「ブリもこっち来るまでは寿司ネタ以外で食べたことなかった。美味しい魚だよな」

北海道ではブリはあまりメジャーな魚ではない。鮭やホッケ、ニシンに比べるとどうしても高級なイメージがあって、僕も寿司屋でたまに頼むかなという程度だった。

ところが東京に来てみれば、安い時には鮭一切れと同じ値段でブリが買える。おまけに脂が乗っていて美味い。しかもこれから旬がやってくるというから最高だ。

「冬になったら今よりもっと美味しくなりますよ」

芹生さんがそう言って、タンドリーブリにかじりつく。そして幸せそうに目をつむった後、僕に向かって微笑んだ。

「今でもすごく美味しいですね！」

「芹生さんもそう思う？　僕もこれは気に入ってる」

漬けダレがよく染みていて、濃厚な味つけがご飯によく合う。外で食べると電子レンジは使えないが、ブリは脂乗りがいいから冷めても柔らかいのもお弁当にちょうどいい。お蔭で二人ともあっという間に食べ終えてしまった。

お弁当を食べた後もすぐには立ち上がらず、しばらくのんびり過ごすのも習慣だ。最近では食後のお茶に温かいものを選ぶようになった。風は日を追うごとに涼しくなっていったが、そのうち肌寒くなるのだろう。

もうじき冬が来る。東京で迎える二度目の冬だ。

「思ったより寒いんだよな、ここの冬も」

ペットボトルのお茶をふうふうしながら飲む。

芹生さんがこちらを見て、不思議そうな顔をした。

「渋澤(しぶさわ)さんがそう仰るなんて意外です」

背の高い彼女とは、向かい合うと真っ直ぐに目が合う。もっとも最近ではすぐに逸らされてしまうことも多いのだが、一瞬だけぶつかる視線になんとも言えない心地よさを感じていた。

彼女がどう思っているのかはわからないが、いつも頬を赤くしてくれる。

「……あの、渋澤さんは寒いのにお強いのかと思ってました」

「よく言われる。でも東京も全然寒いよ」

「北海道の方が気温は低いのに？」

「うん。僕もこっちの冬は過ごしやすいのかなと思ったら、去年は意外と冷え込んで、結局北海道にいる時着てたコートを着た」

気温だけなら北海道の方が当然寒い。雪も積もってなかなか解けない。それに比べると東京は雪なんて滅多に積もらないと聞いていたから、地元で着ていたコートを持っていくかどうか迷ったものだ。

ところがこっちに来てみれば木枯らしは身を切るように冷たく、周りの人達もダウンやウールのコートをしっかり着込んで歩いている。北海道と違うのは、足元がスパイクつきの靴ではないってことくらいだ。

「でもコート着てると、電車乗った時暑くないですか？」

「暑いね、あれだけはどうにかしたいな」

「私もそれが苦手で、冬場はコート着ないんです。マフラーと手袋だけ」

そう言って、芹生さんが小さく手を振ってみせる。口元にいたずらっぽい笑みが浮かんでいたから、僕も以前のことを思い出して言った。

「手袋を『履く』んだね」

「はい、『履き』ます」

僕と一緒に彼女も笑う。二人で共有している思い出をこうして笑い合えるのも、また幸せだった。

だがこんな時間もそう長くは続かないことを知っている。東京の冬も寒い。これから秋が深まり冬が来れば、公園でお弁当は食べられなくなるだろう。

僕らのお弁当の時間も、初めは約束を交わしていたものだった。それが当たり前のようになった今でも、改めて言葉にすれば形が変わってしまう。僕も芹生さんも、二人で過ごす時間についてはっきりと言い表さないまま、この幸せなひと時を共有してきた。それはそれで楽しい関係ではあったが――。

「そろそろ、時間ですね……」

芹生さんがどこか物憂げにつぶやく。

ベンチに並んで座る彼女とは、今は拳一つ分の距離が空いていた。隣り合ってお弁当を食べても触れ合うことはない距離だ。この隙間を、埋めてしまいたいと思うようになった。

そろそろ時間だ。冬が来れば、こうして過ごすことはできなくなる。だからといって職場の休憩室で衆目に晒されながら二人で昼食を、というのも『あずましくない』。誰かに勘繰られでもすれば、また彼女は同じ否定をするだろうし――これが男同士の距離感ではないこと、彼女だってわかっているくせに。

「戻りたくないね」

ぼやくように僕が言うと、芹生さんがはにかんだ。

「そうですね」

「もうちょっと、一緒にいられたらいいのにな」

続けた言葉には、恥ずかしそうに目を逸らされた。それでも彼女は言う。

「あの……そう、ですね」

同じように思ってくれているならよかった。

ほっとしながら、僕は切り出す。

「じゃあさ、今度お弁当食べに行かない？」

「え？」

よくわからないというように、芹生さんが瞬きを繰り返した。

「お休みの日に、どこかでお弁当を一緒に食べようか、ってこと。僕はまだ東京のこと詳しくないから、芹生さんに教えて欲しいんだ」

「私にですか？　ええと……」

まだ飲み込めていないのか、彼女は戸惑った様子でこわごわ僕を見る。女子社員から王子様と呼ばれていた涼しげな目が、今は不安の色に揺れていた。

「東京に、屋内でお弁当を食べられるいい場所ってないかな。そういう場所があれば、寒くなっても一緒にお弁当食べられるだろ？」

別に職場にこだわらなくてもいい。一緒に過ごせる時間が作れたらそれで。言ってしまえばお弁当すらそのための口実ではあるのだが、それ抜きで誘ったら芹生さんはきっと混乱をきたしてしまうだろう。

現に、今もたちまち真っ赤になって慌て出した。

「え？　え？　それってまさか――」

「まさか、何？」

思いついた答えを言ってみて欲しくて、僕は逆に聞き返す。

普段は美しい日本語を操る雄弁な彼女でも、その単語だけはどうしても口にでさえた。
きなかったようだ。深く俯いたかと思うと、両手で赤くなった頬を隠すように押
「な、なんでもないですっ。あの——でも、いいんですか？」
「だから、何が？」
「何っていうか……いえ、なんでもないんですけど、でも私、私なんかで……」
彼女の言葉はまるでたどたどしくて、ちゃんとした文章にすらなっていない。
それでも言いたいことはわかった。自分のことを男勝りなんて言うような彼女
だ。僕の誘いをどんなふうに思っているかは、なんとなく摑めてしまう。
「芹生さんと一緒に出かけたいんだ」
聞き間違いのないように、改めて、はっきりと告げた。
すると芹生さんはしばらく俯いていたが、やがてぎこちなく顔を上げる。ゆっ
くりと数秒間掛けてこちらを向いた後、恥じらいで目を潤ませながら、顔をすっ
かり赤らめながら、震える声でこう言った。
「はい……こ、こちらこそ……」
その後また素早く顔を伏せてしまったから、僕が胸を撫で下ろしたのは見えな
かったはずだ。

芹生さんはその日の夜に連絡をくれた。

彼女とは職場などでもよく話すし、メッセージのやり取りもしたことがある。だが勤務時間外に電話で話をしたのは、今回が初めてだった。

『お弁当を持ち込めそうな施設を、いくつか調べてみたんです』

電話越しだから当然彼女の顔は見えない。だが微かに震える声に、芹生さんらしい恥じらいが窺えるようだった。

「ありがとう、助かるよ。お薦めはある？」

『例えばなんですけど、すみだ水族館なんていかがでしょうか』

「水族館？　墨田区にあるの？」

『はい。というか、スカイツリーの下にあるんです』

僕はまだスカイツリーすら登ったことはなかったが、芹生さんが言うにはスカイツリーの下にソラマチという複合商業施設があるらしい。件の水族館もそこに入っているそうで、なんとお弁当の持ち込みが可能だとのことだ。

『渋澤さん、スカイツリーも行ったことがないって仰ってましたよね。あの辺りはお店もたくさん入ってますし、見どころもたくさんあるので、よかったらどうかなって……』

芹生さんはそんなことまで覚えていてくれた。何ヶ月も前に交わした他愛ない会話が彼女の記憶に残っていることに、僕も温かい気持ちになる。

「覚えていてくれたんだ。まだ行ってないからぜひ行ってみたいな」

『では、そこにしましょう』

僕の答えに彼女もほっとしたようだ。ほんの少し、声音(こわね)が柔らかくなった。

「それにしても、水族館でお弁当が食べられるなんて素敵だね」

『私も持ち込み可なのは知らなかったです。何度か行ったことはあるんですけど』

同じ施設に何度も通うくらいだから、彼女は水族館が好きなのだろうか。

「芹生さん、水族館好きなの？」

『はい。ペンギンが泳ぐのを見るのが好きで』

声が弾んだのと、打ち明けられた内容のかわいらしさにときめいた。

「僕もペンギンは好きだよ。かわいいよね」

『ですよね！　すみだ水族館ではペンギンが泳ぐ姿を真上や真横から見られるんですよ。その水を切って泳ぐフォームがすごく格好よくて、しかもとってもすばしっこいんです』

これは相当好きそうだな。

芹生さんがペンギン好きっていうのは正直意外だったが、当日はいつもと違う彼女が見られそうで、楽しみだ。

それから僕らは約束を交わした。会うのは十一月の最初の土曜日、待ち合わせ場所は押上駅に決めた。代々木から向かう僕と狛江に住んでいる彼女とでは半蔵門線までかち合わないので、各々で向かうことになる。僕は半蔵門線に乗るのも初めてだから、芹生さんが丁寧に教えてくれたのがありがたかった。

「お弁当、どんなのがいい？」

お礼に僕ができることと言えばこのくらいだ。だから彼女が喜ぶお弁当を作っていきたい。

『私、なんでも食べますよ』

芹生さんはそう言った後、あ、と声を上げる。

『でも水族館でお弁当なら、手軽に食べられるものの方がいいかもしれません。おにぎりとか、サンドイッチとか。ご無理でなければですが』

「全然無理じゃないよ」

おにぎりはよく作るし、サンドイッチも——ああそうだ、最近思いついたいいレシピがある。

「芹生さん、ちくわパンって知ってる?」

『いいえ。ちくわが入ってるんですか?』

「ロールパンにツナマヨを詰めたちくわを挟んで焼いたものなんだ。札幌にはよくあったんだけど、東京に来てからは見かけなかったから、自分で作ってみた」

本物のちくわパンは恐らくパン生地にちくわを詰めて焼いているんだろうが、料理作りに慣れてきたとはいえパンを焼く技量はない。なのでロールパンを買ってきて、ツナマヨ入りのちくわを挟んでトースターで焼いてみた。こうして作ったちくわパンもなかなか美味しくて、最近の定番モーニングになっている。

『……美味しそうですね』

気のせいだろうか。ごくりという音が聞こえたような気がした。

ともあれ、芹生さんが食べたがっているなら一品は決まりだ。

「じゃあちくわパンを作っていくよ。もう一種類くらい持っていきたいんだけど、好きなサンドイッチの具はある?」

『なんでもいいんですか?』

「もちろん。芹生さんの好きなのを教えて」

『じゃあ、リンゴとチーズのサンドイッチをお願いします』

思ったより個性的なオーダーが来た。僕にとっては食べたことのないメニューだったが、彼女曰く大変美味しくお薦めなのだそうだ。

『リンゴを切って挟むだけですから、疲れた日にもすんなり食べられるんです。以前はよく食べてました。最近はそれすらサボりがちですけど』

芹生さんからだいたいの作り方を教わったので、僕にも再現できるだろう。美味しく作って持っていくことを約束して、その日の通話を終えた。

約束の日までは二週間ほどの間があって、その日々を僕らはお互いそわそわと過ごした。

十月の間は日中も温かいままで、火曜の公園ランチを楽しむことができた。だが十一月に入るとぐっと気温が冷え込んで、外で食事を取るのは難しくなった。それでも次の週末には二人で会える。そのことを楽しみに乗り切ることにした。

芹生さんとは勤務中は余計なお喋りをしなくなった。今まで仲良く見えたのにいきなり距離を置いたらかえって怪しまれるような気もしたが、意外と誰からも突っ込まれなかった。親しく接していると思っていたのは僕ら――あるいは僕だけだったのかもしれない。芹生さんには他にも親しい女子社員が大勢いるから、というのもあるのだろうが。

ともあれそんなふうに偽装工作をしつつ、時折目が合うと芹生さんはそっと微笑みかけてくれた。その和やかな微笑が僕には特別に与えられるもののように思えて、このところの密かな励みにもなっている。もちろん僕もこっそり笑い返すのだが、そうすると恥ずかしそうに目を伏せてしまうのが寂しいような、嬉しいような。

迎えた約束の日、僕は一人で押上駅に辿り着いていた。

時刻は午前十時半を過ぎたところだ。十一時の待ち合わせだったから、ちょっと早めに着いてしまった。押上駅は思ったより小さくて、改札を抜けてすぐのところにスカイツリーへの入り口がある。僕が芹生さんを待つために立ち止まっている間も、その入り口を潜り抜けて中へ入っていく人の姿が多く見受けられた。今朝は少し冷え込んだからか、誰も彼もが晩秋の装いをしている。

かく言う僕もカーディガンを羽織ってきたし、気が早いかと思いつつバッグにマフラーを詰めてきた。天気予報によれば今夜の気温は一桁まで落ち込むそうで、備えるに越したことはないと思っている。ぼちぼち冬の足音が聞こえてきたようだ。

芹生さんの姿が見えたのは僕が来てから五分後だった。改札を抜けた彼女がこちらに歩いてくるのが見え、僕が手を挙げると彼女も小さく振り返してくる。そしてこちらへ向かって駆けてきた。足元はいつものスニーカーではなくショートブーツだったが、それでも彼女の走りを妨げるようなものではなかった。

「おはようございます！」

僕の前までやってきた芹生さんが、少しすまなそうに眉尻を下げる。

「お待たせしてすみません、何時に来られてたんですか？」

「全然待ってない。ついさっき来たところだから」

事実なのでそう告げたのだが、彼女は事実と受け取らなかったようだ。

「私も早く来ようと思ったんですけど、どうしても準備に時間がかかってしまって……」

その言葉通り、今日の芹生さんはいつもと違う髪型をしていた。肩くらいまである髪を後ろでゆるく三つ編みにして、金色のピンで留めている。少しほつれたような無造作なまとめ髪が、普段かっちりしている彼女とはまるで違って見えた。

服装は黒のハイネックニットとタータンチェックのパンツ。ボーイッシュな着こなしが一層かわいく見えて、僕はしげしげと眺めてしまう。

「今日の芹生さん、すごくかわいいな」

「えっ、そんな、全然そんなことないです」

褒めたのに慌てふためく彼女が、困り果てた様子でうつむいた。

「あの、私なんて本当に全然……お気を遣わせてすみません」

「いや、気を遣ったとかじゃないよ。お世辞じゃないから」

「そんな……そんなこと、ないです……」

だんだんと弱々しくなっていく声で必死に否定するものの、その顔はすっかり上気している。あんまり褒めると困らせるだけかなと、僕も早々に切り上げることにした。

「お互い早めに来たことだし、もう行こうか？」

すると芹生さんはようやくこちらを見て、ぎこちなく頷く。

「そうしましょう。ご案内します」

それから二人で並んでスカイツリーの入り口をくぐった時、

「渋澤さんも素敵です。そのカーディガン、秋色で……」

すぐ隣を歩いていなければ聞き落としそうなほどの声で、彼女が言った。

ちらりとそっちを見ればやっぱり赤い頬をしていて、僕は思わず微笑みながら応じる。

「ありがとう」

デートの始まりは、なかなかいい感じだった。

すみだ水族館までは、ソラマチの中を突っ切って向かうそうだ。

僕は芹生さんの案内で様々なテナントが並ぶ店内を歩いた。ファッションブランドの店から一風変わった雑貨店、それにお土産物屋さんなど、テナントは多岐に及んでどこもかしこも賑やかだ。僕がそちらに目移りしかけると、すかさず芹生さんが歩くスピードを落としてくれる。

「ごめん、きょろきょろして」

典型的おのぼりさんになっている僕に、芹生さんは楽しそうに笑ってみせた。

「いいんですよ。私も初めて来た時はきょろきょろして、寄り道ばかりしちゃいました」

もっとも今日の本命は水族館、そこへ行くまでに買い物をして荷物を増やすわけにもいかない。僕らは軽くウインドウショッピングだけをしてから水族館へ向かった。

スカイツリー展望台の入り口前を素通りして、エスカレーターを上がった先に水族館はあった。誘ったのは僕だからチケット代は払わせてもらおうとしたが、彼女は笑顔でこう言った。

「私、年パス持ってるんです」

どうやら、本当に大好きらしい。

彼女のお蔭で僕のチケット代も安くなって、いい気分で入場する。

水族館の中は、不思議な静けさに満ちていた。入ってすぐのところにクラゲの大きな水槽があり、楕円形の水槽は真上にガラスのデッキが設けられ、上からクラゲの泳ぐさまが覗けるようになっている。水槽は南の海のように真っ青で、その光は照明を落とした館内をゆらゆら照らしていた。

「クラゲ、きれいだね」

「そうですね。ぷかぷか浮いてて、気持ちよさそう」

僕らの声も自然と小さくなる。

土曜日とあって館内はそれなりに人が入っていたが、大声で話している人はいなかった。みんなこの青い水槽の傍では小声になってしまうのかもしれない。

芹生さんは年パスを持っているだけあり、水族館内の間取りもきちんと把握していた。僕にいろんな水槽を見せてくれた後、手すりが張り巡らされた吹き抜けまでやってきた。

「ここからペンギンの水槽を見下ろせるんですよ」

言われて見下ろしてみると、眼下に大きな水槽が広がっている。ごつごつした岩場もあるプールにはやはり青い水が湛えられており、さざ波立って光る水面とそこをすいすい泳ぐペンギンの姿が見えた。

「うわ……本当に速いんだな」

岩場をよちよち歩く姿は覚束(おぼつか)なくて愛らしいくらいなのに、ひとたび水に潜ればアスリートもかくやという泳ぎ方をする。水を切って進むペンギンのフォームの美しさは真上から見てもはっきりとわかり、僕は感嘆するしかなかった。

「いい眺めでしょう？」

僕の隣で手すりにもたれる芹生さんは、どこか得意げで、そしてとても嬉しそうだ。何か大切なものを分けてくれるみたいに、瞳を輝かせながら僕を呼ぶ。

「渋澤さん、下に行けば水槽を真横から見られますよ。お弁当もそこでどうかと思ってたんです」

「わかった、行こう」

今日の彼女はいきいきしていた。僕もそんな芹生さんを見ているのは楽しくて、弾む気分でついていく。

階段を下りてペンギンの水槽前まで行くと、小さなカフェスペースがあった。カフェの前にはテーブルと椅子がいくつか並べられており、どうやらここでお弁当を食べてもいいらしい。昼食時には少しだけ早かったが、たまたま席が空いていたのとお互いお腹が空いていたので、お弁当を食べてしまうことにした。

カフェでは芹生さんのお薦めで、ペンギンフロートなる飲み物を購入する。海をイメージしたと思しき真っ青なソーダ水の上に、氷でできた二羽のペンギンがぷかぷか浮かんでいた。

仲睦まじく寄り添う氷のペンギンたちに目を細めつつ、持ってきたサンドイッチ入りお弁当箱を並べる。なんちゃってちくわパンと、彼女がリクエストしたリンゴとチーズのロールパンサンドだ。

「今日も美味しそうなお弁当、ありがとうございます」

芹生さんがにこにこしている。

「ちくわパン、どんな味がするのかなって楽しみにしてたんですよ」

「きっと美味しいよ。本物には敵わないけど気に入ってる」

「じゃあ、早速いただきますね」

両手を合わせてから、彼女がちくわパンの方を手に取った。ぱくっと大きくかじりつき、そしていつものようにうっとりと目をつむる。

「美味しい……！」

僕もまたいつものように、その表情を見てほっとする。彼女の口に合ったようだ。

「ちくわとツナマヨってパンに合いますね！」

「だよね。僕も大好きなんだ」

ツナマヨはみじん切りした玉ネギ入りで歯ごたえがしゃきしゃきしている。ちくわに塩気があるから味つけはおにぎり用よりも薄めだが、十分美味しく仕上がっていた。パンはこんがりトーストしてあるから、冷めていても香ばしさはちゃんと残っていて美味い。

一方のリンゴとチーズのロールパンサンドもいい出来だった。リンゴは変色しないよう塩水につけておいたのだが、添えたカマンベールチーズも塩っぽいのでミスマッチ感はさほどない。リンゴ自体の甘酸っぱさとチーズのまろやかさが互いを引き立て合い、こういう組み合わせもいいなと感心させられる。

「リンゴとチーズってよく合うんだね」

自分で言うとなんだか自画自賛のようだが、この組み合わせを教えてくれたのは芹生さんだ。彼女は嬉しそうに頷いた。

「私も好きな組み合わせなんです。渋澤さんに気に入ってもらえてよかったです」

「準備も楽だし、買い置きして定番にしようかと思うよ」

リンゴの程よい酸味とみずみずしさは、いくらか歩いてきた後の喉にも心地よかった。火を使わないから忙しい日の朝食にもぴったりだろう。サンドイッチのバリエーションが増えるのも純粋にありがたい。

僕らはお弁当を楽しみつつ、時折傍らのペンギン水槽を眺めた。ペンギンたちは時折水を跳ね上げながら泳ぎ回ったり、よちよちと岩場によじ登ったり、また水に飛び込んだりと自由気ままに過ごしている。響き渡るその水音をＢＧＭに食べるランチというのもなかなか新鮮だった。

そのうち、ペンギンも食事時間になるというアナウンスがあった。ここの水族館ではペンギンのランチタイムを公開しているそうで、飼育員さんが名前を呼びながら魚を配って歩くところを見せてもらえるらしい。

「飼育員さんの後をついて歩く子もいるんですよ。ぴょこぴょこって。それがもうすっごくかわいくて！」

熱弁を振るう芹生さんもかわいかったので、せっかくだからそれも眺めていくことにする。ちょうどお弁当も食べ終えていたし、食休みがてら堪能しよう。

「じゃ、そろそろ見に行こうか」

テーブルの上を片づけ、お弁当箱もしまってから立ち上がる。僕が声を掛けると、彼女も勢いよく立ち上がった。

「はい、あっ」

それからこちらに駆け寄ろうとして、がくっとよろけた。少し僕が急かしてしまったのかもしれないし、彼女自身、早くペンギンを見に行きたくて気が急いていたのかもしれない。あるいは普段履かないショートブーツのせいかもしれない。

僕は迷わず手を差し出した。

芹生さんは、たぶんとっさの行動だったんだろう。僕の手をぎゅっと摑んでどうにか体勢を立て直す。思ったより柔らかくて温かい手が、僕にすがるように力を込めて――それからはっと強張って離そうとしてくる。

「あ、ご、ごめんなさい――」

それを制するように僕は彼女の手を掴み返し、笑いかけた。

「いいよ。行こう、芹生さん」

芹生さんが目を丸くして僕を見る。その目がペンギン水槽の水面みたいにさざ波立って揺れている。だが口元はぎくしゃくと、それでもゆっくり微笑んだ。

「……はい」

搔き消えそうな声で答えた彼女は、おずおずと僕の手を握り返してきた。

その後僕たちは手を繋いだまま、ペンギンのランチタイムを水槽前から眺めた。飼育員さんに寄っていくペンギンたちは愛らしかったし、それを見てはしゃぐ芹生さんも本当にかわいかった。ずっと眺めていたいくらいだった。

水族館を後にした時、芹生さんはペンギンのキーホルダーを手にしていた。

「渋澤さん、買ってくださってありがとうございます」

「こちらこそ。何か記念になるものが欲しかったんだ」

もちろん僕も同じものを買った。手のひらサイズの、手触りふかふかのぬいぐるみがついたキーホルダーだ。当初は芹生さんが大きなぬいぐるみに見入っていたのでそっちにしようかと思ったのだが、彼女は未練ありげにしつつも固辞してきたので、もっと小さなものにした。

それでも芹生さんはずいぶん気に入ってくれたようで、キーホルダーを早速鞄につけてはしげしげと眺め入っていた。

「すごくかわいいです。私も素敵な思い出ができました」

それだって、こちらこそだ。

売店に寄った時に繋いだ手は一旦離してしまったが、後でもう一度繋げたらと思っている。本音を言えば片時だって離れていたくはなかった。

水族館前のエスカレーターを降りると、またスカイツリー展望台前まで戻ってきた。天を突くようにそびえるそのてっぺんを何気なく見上げた時、芹生さんがふと言った。

「登ってみますか？」

「え？　スカイツリーに？」

思わず聞き返した僕に、芹生さんは笑顔を見せる。

「はい。まだ登ったことないんですよね？　ここまで来たんですし、よかったらどうでしょう」

すぐ目の前にスカイツリーがあるのだから、ついでに登っておくのもいいか。

何より、芹生さんが一緒なんだから。

「そうだな……いい機会だよな」

そう答えたら、彼女も頷いた。

「実は私も登ったことなかったんです。なかなか機会がなくて」

「芹生さんも？　だったら尚のこと行っておかないとな」

「はい！」

ただ、現在の時刻は午後一時過ぎ。東京の街並みを見るだけなら今すぐ登ってもいいのだが、せっかく眺望良好のところへ行くのだからどうせなら夕景が見たい。それで僕たちは日没前に展望台へ来ることにして、それまでの時間をソラマチで潰そうと決めた。

水族館へ向かう途中もいくらか見て歩いた通り、ソラマチにはいろんなお店が入っている。それらを二人で見て歩くだけでも十分楽しく過ごせるだろう。そんな確信があった。

何軒か回った後、僕はお土産物屋さんの前で足を止める。

東京に来てからお土産をじっくり見る機会がなかった。一度も帰省していないのだから当然といえば当然だが、東京銘菓をよく知らないままなのももったいない。せっかくだから試しに一つ買ってみて、いいのがあったら次の帰省で持っていこう。

「東京のお菓子で何かお薦めってある？」

芹生さんにアドバイスを求めると、彼女は眉間に皺を寄せて考え込んだ。

「お土産は、自分で買って食べることってあんまりなくて……」

「それもそうか」

「でも、よく買っていくのはこれですよ。東京って書いてある方が受けがいいので」

彼女の手が、お菓子の箱を指し示した時だった。

「――あれ、一海？」

少し離れたところから、誰かが芹生さんの名を呼んだ。

僕と彼女は同時に振り返り、お土産屋さんの外からこちらを窺う女性の姿を見つける。膝丈のニットワンピースを着た小柄な女性で、芹生さんの顔を見た途端にその表情をぱっと明るくした。

「やっぱり一海だ！　久し振り、同窓会以来じゃない？」

「あすか！　ソラマチ来てたの？」

芹生さんが手を振ると、あすかと呼ばれたその女性がこちらへ駆け寄ってくる。同窓会の話をするくらいだし、お互い呼び捨てだからきっと同級生なのだろう。

こういう時、向こうと面識のない僕は対応に困る。とりあえずにこやかにしておくかと微笑んでいれば、あすかさんの方が僕をちらりと見た。そして驚いたように芹生さんと見比べる。

「えっ、まさかと思うけど一海の彼氏？」

聞かれるだろうと思っていた質問が来た。

もちろん事実は違う。そして芹生さんが肯定するはずもないとわかっていた。だからどう答えられても構わないとは思っていたのだが、彼女は予想していた以上に強くかぶりを振った。

「ま、まさか！　そんなわけないよ、職場の先輩！　そんなこと言ったら失礼だから駄目だよ！」

めちゃくちゃ強く否定されてしまった。

「だよね。一海に限って彼氏とかありえないよね」

あすかさんという女性もわかっていたというように頷いてみせて――ありえな

いっていうのはどうなんだ、失礼じゃないのか、またしても彼女は男扱いなのかと訝しく思う僕に向かって、愛想よく笑いかけてくる。

「はじめまして、日南あすかです。一海とは高校の同級生なんです」

「ああ、はじめまして。渋澤と言います」

僕が挨拶と共に頭を下げると、日南さんは芹生さんの袖を引き、耳元に何か囁いた。芹生さんがそれにはにかんでみせたのも見えて、この二人、仲は良いのかもなと思う。

でも、さっきの否定はちょっとだけへこんだかもしれない。どう答えられても構わないと思っていたくせに、仕方のない奴め。

「そういえば一海、同窓会の日はどうしたの？」

と、そこで日南さんが思い出したように尋ねた。

「八時くらいには帰っちゃってたでしょ？　みんな不思議がってたよ」

それは何気ない調子の質問だったが、その瞬間、芹生さんの顔色がさっと変わる。明らかに目を泳がせて、まごついていた。

「あ、あの日は——えっと、疲れたから先帰ったんだ」

「そうだったの？　なら言ってよ、いきなり消えたからびっくりしたんだよ」

「ごめん。みんな盛り上がってたし、場の空気壊したくなかったから……」

「何それ、そんなことないのに！」

明るく笑いだす日南さんとは対照的に、芹生さんの表情はいよいよ硬い。

「あの時のことは気にしないで、ごめんね」

傍でその会話を聞く僕も、変だなと思う。

同窓会の日、それはホームシックの僕と着飾った芹生さんが田町駅の前で鉢合わせた日のことだ。確かにあれは夜八時過ぎ頃だった。飲み会帰りにしては早い時間かもしれないが、あの夜は特に疑問も持たなかった。

だが芹生さんは、同窓会を中座したなどとは言っていなかった。それどころか級友たちにさえ何も言わず帰ったらしい。

それが何を意味するのか、まだ僕にはわからない。

「じゃ、また連絡するね」

日南さんが手を振って、それから僕にも声を掛けてくる。

「渋澤さん、お邪魔しました。またお会いできたらいいですね」

「ええ、また」

その挨拶に曖昧に答えると、日南さんは笑顔でお土産屋さんを出ていった。特に意味もなくその背中を見送った後、芹生さんの方に目をやる。

彼女の顔は不自然に強張っていた。

「あの……」

発する声も弱々しく、一目で様子がおかしいとわかる。

「変に、思いましたよね？」

そんなふうに尋ねられ、僕は答えに詰まった。

芹生さんは重ねて問いかけてくる。

「変ですよね、私。同窓会を抜けてきて、それなのにあの時、渋澤さんに声掛けたりして……おかしいって思いますよね？」

僕のことを聞かれて彼氏じゃないと否定したことについては、ショックではあったが変ではない。事実だ。だが同窓会についての話は、なんとなく腑に落ちないところがある――もちろん僕は部外者だし、首を突っ込む権利があるのかどうか、微妙な線ではあるが。

彼女の質問に答えるなら、当然イエスだ。

「何か、あったの？」

どこまで踏み込んでいいのかわからず、僕はそういう聞き方をした。

芹生さんは力なく項垂れる。

「……その……いいえ、何も。何もなかったんです……」

どう見ても『何もなかった』様子ではないが、話したいわけでもなさそうだ。

彼女はしばらく顔を伏せていたが、やがておずおずと面を上げ、申し訳なさそうに切り出してきた。

「すみません、渋澤さん。せっかく楽しく過ごしてたのに、変な空気にしちゃって」

「いや、気にしなくていいよ。大丈夫？」

とっさに笑いかけた後、僕は彼女の顔色の悪さに気づく。さっきまでよく赤くなっていた顔が、今は紙のように真っ白だ。

「顔色がよくないな」

「すみません……」

「具合悪いなら、座って休む？　それとも大事を取って、今日は引き上げようか？」

僕の提案に、芹生さんは少し考えてから言った。

「ごめんなさい、帰ります……」

それから僕たちは押上駅に戻り、半蔵門線で帰路に着く。心配なので途中まで送っていこうかと申し出てはみたが、芹生さんからはやんわり断られてしまった。

「すみません、お気持ちは嬉しいです」

口ではそう言ってくれたが、彼女は本当にそれを望んでいなかったんだろう。なんにもできない自分が歯がゆい。

結局、電車を降りるのは僕の方が先で、楽しかったデートは微妙な空気での幕切れとなってしまった。

芹生さんからはその後、土曜のうちに連絡があった。

『今日は早く帰ってしまい、本当にご迷惑をおかけしました。その上でお願いするのは心苦しいのですが、渋澤さんに頼みたいことがあるんです。お電話でお話できませんか？』

帰宅後、一人悶々としていた僕はそのメッセージに飛びついた。あの時、どう声を掛けるのが正しかったのだろう。芹生さんの様子がおかしくなったのはなぜだろう。そんなことをぐるぐると考えるばかりだった僕は、いても立ってもいられずに電話を掛けた。

『あっ、渋澤さん。すみません、こちらから掛け直します』

芹生さんの第一声はいつも通りのようにも聞こえる。彼女の申し出は固辞して、僕は尋ねた。

「具合、どう？　少しは落ち着いた？」

『はい……ご心配をおかけしてすみません』

「うん、心配したよ。でもよくなったなら安心だ」

『ごめんなさい……』

いつも通り、ではないのかもしれない。声に元気がないようだ。顔色が悪くて帰ったならやむを得ないことではあるが。

「謝らなくていいよ。でも無理しないで、今日はゆっくり休んで」

『……はい』

どこかためらうように応じた彼女が、その後で続ける。

『あの、先程お送りしましたよね。頼みたいことがあるって』

「ああ。僕にできることならなんでも言って」

思えば芹生さんが僕を頼ってくれるなんて、お弁当以外では全く珍しいことだ。初めてかもしれない。仕事でもなんでも、彼女は人を頼らない。全部自分で頑張ってしまう。自立したい、一人で生きられるようになりたいと以前話していた通りに。

　だから今回はどんなことでも力になろう。そう決意した僕に、彼女は言った。

『実は、お会いしてお願いしたいことがあるんです。近いうちにお時間を作っていただけませんか』

「構わないけど、お願いしたいことって具体的にどんな？」

『……それは、会った時にお話しします』

　芹生さんの声は頑なにも聞こえた。少なくとも今の段階で僕に詳細を話す気はないらしい。話したら断られるとでも思っているのだろうか――そんなことはないのに。

　だが聞き出すのは無理そうなので、僕もこの場での追及は避けた。

なるべく早い方がいいと言われたから来週にしようかと切り出したら、明日でもいいと言われてしまった。

「僕は空いてるけど、芹生さんは大丈夫？」

　今日の顔色の悪さを見て、明日も出て来られるとは思えない。だが彼女はきっぱりと言った。

『大丈夫です。お願いします』

切羽詰まった口調だ。僕に頼みたいことというのも、急を要する案件なのかもしれない。それなら急いだ方がいいだろう。

待ち合わせ場所は新宿駅を指定された。まだ新宿駅に慣れていない僕のために、わかりやすく東口を出たところで落ち合おうとのことだ。時刻は午後二時、ちょっと遅めの待ち合わせになりそうだった。

「安心して。どんなことでも必ず君の力になるから」

電話を切る直前、僕はそう告げておく。

一瞬、息を呑むような声が聞こえた。気のせいだったかもしれない。

芹生さんは振り絞るように、

『……ありがとうございます』

とだけ言って、電話を切った。

翌日、日曜日。

僕は昨日とはまた違った意味でそわそわしながら新宿駅へやってきた。昨夜はあまり眠れなくて、一晩中ずっと芹生さんのことを考えていた。彼女が僕に頼みたいことは何か、思いつく限りの可能性を考えてはみたものの、行き着いたのは聞いてみなければわからないという結論でしかない。

なんにせよ、昨日約束した通りだ。僕は芹生さんの力になる。

日曜午後の新宿駅は、昨日の押上駅以上に人の出入りが激しかった。人波に押し流されるように東口から駅を出て、すぐのところでじっと待つ。芹生さんの姿が見えたのは、午後一時少し前のことだった。

人混みの中にいてもあのすらりとした歩き姿はすぐ目に留まる。今日はライダースジャケットとデニムというボーイッシュなファッションで、足元はいつものスニーカーだった。少し俯き加減でこちらへ向かってくるのが見え、僕は手を上げかけた。

だがその時、芹生さんがちらりと横を見て——そこに別の人物の姿があることに気づく。

昨日会った彼女の同級生、日南さんだ。ふわふわしたモヘアニットにプリーツスカート、芹生さんとはまるで正反対の着こなしの日南さんが、芹生さんよりも先に僕を見つけてぱっと笑顔になってみせる。

どういうことか、とっさに飲み込めなかった。

「こんにちは！」

駆け寄ってくるなり、日南さんが笑いかけてくる。昨日の今日でこんなふうに笑ってくれるのだからおそらく人懐っこい人なのだろう。

「こんにちは。今日は……二人で来たの？」

僕は追いついてきた芹生さんに尋ねたのだが、答えるのはやはり日南さんが早かった。

「はい！　芹生さんにどうしてもってお願いしちゃって」

お願い？

どういうことかと芹生さんを見れば、彼女は気まずげに目を逸らしながら口を開く。

「あの、あすかに渋澤さんを紹介して欲しいと頼まれまして」

「……え？」

「渋澤さん、この子は日南あすか。いつも朗らかですごくいい子なんです」

困惑する僕を放置したまま、芹生さんは日南さんに向き直る。

「あすか、こちらは私の職場の先輩、渋澤瑞希さん。去年北海道からいらしたばかりの方なの。仕事にも真面目だし、お弁当作りもできるすごく頼れる先輩だよ」

「えー、お料理されるんですか？　すごい！」

日南さんが歓声を上げ、それから僕に向かってお辞儀をした。

「日南あすかです。急にお呼び立てしちゃってすみません。今日はよろしくお願いしまーす」

ようやく、事態が摑めてきた。

どうやら僕に頼みたいことがあったというのは、芹生さんの用ではなかったようだ。

「芹生さん、今日僕を呼んだのって――」

僕が尋ねかけるのを遮るように、芹生さんも口を開く。

「さっきも言った通り、あすかに渋澤さんを紹介して欲しいと頼まれたんです。それで来ていただきました」

そして彼女は僕と一切目を合わせないまま踵(きびす)を返した。

「では私、失礼しますね」

「芹生さん！」

呼び止めても、彼女は振り向かない。新宿駅の中へ戻っていって、すぐに雑踏の中へ飲み込まれてしまった。

追い駆けなければいけない。

そう思い、踏み出しかけた僕を、

「あのー……もしかして、何も聞いてなかったです？」

日南さんが怪訝そうに引き留める。

「一海にお願いしたの、私なんです。渋澤さんとまたお会いしたいからって頼んだら快く引き受けてくれて……でも話通ってなかったみたいですね。一海、恋愛事とか全く駄目だからかなあ」

つまり芹生さんは、僕と日南さんと引き合わせようと今日、ここへ呼び出したのだろう。

がっかりした。取り繕う余裕もないくらい、落胆していた。

「あの、怒ってます？」

だんだん日南さんが不安げにしてきたので、ひとまずこの人に対応しなければと思い直す。

彼女が悪いわけではない。それは伝えておかなければ。

「いや、ただ僕は本当に何も聞いていなくて」

「あっ、やっぱりそうなんですね。もーしょうがないな一海ってば」

「それに、ごめん。僕は好きな人がいる」

たった今、この上なく残酷に引導を渡されたばかりだが、それでも言っておかねばなるまい。

僕の言葉に、日南さんは大きく目を瞠(みは)った。

「えっ？　でも一海が言うには、渋澤さんは彼女もいないようだし大丈夫だって――」

「確かにいないよ、片想いみたいだから」

溜息まじりに言って、さらに続ける。

「僕は、芹生さんが好きなんだ」

「……ええ⁉」

悲鳴のような声を上げた日南さんが、その後でがっくりと肩を落とした。

「嘘でしょ……そのパターンは想定してなかったなあ」

とはいえ彼女の受けたダメージは、僕のそれほど深手ではないらしい。すぐに口元には苦笑が浮かんで、恨めしそうな目を向けられた。

「いいんですか？　一海はためらいもなく私に渋澤さんを紹介してくれましたよ」

「そうみたいだね。正直、堪えてる」

「昔から一海は恋愛事と無縁でしたから、疎いんだと思います。告白だって後輩女子からしかされたことないって言ってましたしね」

なるほど、昔から王子様扱いだったというわけか。

だが無縁だったというのは本当だろうか。男勝りを自称する彼女が、仲のいい友達にすら打ち明けられなかったという可能性だってある。僕が知る限り芹生さんは、ちょっとしたことで照れたり赤くなったり、僕が褒めたり手を握ったりすればちゃんとうろたえてくれるような、ごく普通の感性の持ち主だった。

だからこそ思う。彼女と、ちゃんと話をしておかなくてはならない。

「芹生さんと話してくるよ」

そう告げると、日南さんはむっつりとふくれた。ふくれつつ、ゆっくりと頷いた。

「なら急いだ方がいいです。今行けば電車乗るとこに間に合うかも」

「小田急線だよね？　行ってみるよ」

「念のため言いますけど各停ですから、ホーム間違えないでくださいね」

日南さんもいい人だ。芹生さんの友達なのだから当然か。

「ありがとう。それと、本当にごめん。気をつけて帰って」

僕はそれだけ言い残すと、新宿駅東口めがけて駆け出した。

「やけ食いしてから帰りますう！」

背後から、日南さんの大きな声が飛んでくる。それに背を押されるように、僕は小田急線のホームを目指して新宿駅構内を急いだ。

まるで迷路みたいな新宿駅は、日曜日らしい人出でごった返していた。

その中をぶつからないように走るのは至難の業で、僕は途中で早足への切り替えを余儀なくされた。それでもなるべく急ぐ。精一杯のスピードで歩きながら、芹生さんに会えたらどう言おうかを考えている。

胸中は非常に複雑だった。当たり前だ、休日に一緒に出かけるような距離まで近づけたかと思ったら、急に他の女の子を紹介されたんだから。完全に僕の片想いだったなら、それは仕方がない。だがそうではないと思っていたから――少なくとも芹生さんは、僕の気持ちに感づいていたはずだ。だから会って、確かめないといけない。

どういうつもりで、今日みたいなことをしたのか。

日南さんの助言に従い、小田急線の地下のホームへと下りた。慌ただしく改札を抜けると、電車を待つ行列の中に彼女の姿を探す。背が高くてすらりとした彼女は、もちろんすぐに見つけることができた。

「芹生さん！」

呼びかけると、当然ながら彼女以外の人も大勢振り向く。

だが当の本人はたった一人、凍りついたように僕を見た。

「渋澤さん……」

ふらふらと行列を離れ、僕の方へ歩み寄ってくる。その足取りは覚束なく、頼りなく、ここから逃げ出したい衝動に抗（あらが）っているようにさえ映った。

だが逃がすわけにはいかない。僕は彼女の前に立ち、周囲に聞こえないように小声で告げる。

「日南さんには謝ってきたよ。断りも入れてきた」

芹生さんの肩がびくんと跳ねた。ぎくしゃくと顔を上げた彼女が、前髪越しに僕を見る。叱られる前の子供みたいな顔をしていた。

「ごめんなさい……怒って、ますよね？」

「そりゃそうだよ、当たり前だろ」

僕は声を荒らげないよう、深く息を吐きながら答える。

「君は僕の気持ちくらい、知ってるものだと思ってた」

そこで芹生さんが、苦痛に耐えるように顔を歪めた。

「ごめんなさい……」

謝るくらいならどうしてこんなことをしたんだろう。僕が彼女をどう思っているか、知っていたくせに。知った上で昨日、一緒に出かけてくれたのに。

答えが聞きたくて、僕は黙ってもいられなかった。

「僕は芹生さんが好きなんだ」

さっき日南さんにも言った言葉を、改めて繰り返す。

芹生さんの肩が、またうろたえるように震えた。

「いつからか、はっきりとはわからない。でも君といるうちに、君の優しさやかわいらしさに惹かれていった。君がホームシックの僕を気にかけてくれたこと、僕の作ったお弁当を美味しいって食べてくれたこと、僕の知らなかった東京を教えてくれたこと――全部、本当に嬉しかったよ」

彼女がいなければ僕のお弁当作りも続かなかった。料理の腕が自分の身につくこともなかっただろう。東京の魅力をほとんど知らないまま、今でも北海道に帰りたいって思い続けていたかもしれない。

「思えば君が同窓会の帰りに、僕に声を掛けてくれた時から好きだったのかもな。あの時、僕を心配してくれた時から」

ビスクドールみたいに美しく着飾った彼女に出会った瞬間から、もしかすると恋に落ちていた。これも一目惚れというのだろうか。

だが僕の目の前で、芹生さんは大きくかぶりを振る。

「違うんです……」

「何が？」

「私があの時声を掛けたのは、優しさとか気遣いとか、そんなものじゃないんです」

そう言って、彼女は唇を噛み締めた。泣くのを堪えているような顔をして、震える声をどうにか発する。

「私、渋澤さんが、私よりも弱ってて、居場所がない人に見えたから……だから声を掛けたんです。私よりもっと酷い目に遭ってる人がいるんだって、自分の心が折れてしまわないように、奮い立たせるために」

思っていた理由とは違った。

思っていた以上に、深刻そうにも聞こえた。

どういうことかと困惑する僕の前で、芹生さんはなおも続ける。

「前に言いましたよね？　私、ずっと男の人みたいに扱われてたって。一海って名前で、背が高くて、全然かわいくなかったから。修学旅行前に怪我をしたのに、後輩たちが世話を焼いてくれるからむしろやっかまれるような扱いだったって」

その話は確かに聞いた。僕は頷く。

「でも……本当は、心の中では、そんなの嫌だったんです。自分がかわいくないのは知ってますけど、私は男性じゃないし、誰かの王子様になりたかったわけでもないです。だから同窓会では変わったところを見せたいと思って、ドレスも着たし、メイクだって練習したし、ヘアアレンジだって頑張って――」

堰（せき）を切ったように、芹生さんは心中を語った。

「なのにみんな、私のことを笑ってました。浮いてるとか、場違いだとか、高校時代からなんにも変わってないって言って。私だってその場は笑いましたけど、内心ではとてもみじめで、そしてみすぼらしい存在だって思いました」

「そんな、すごくきれいだったのに」

思わず僕は口を挟んだが、彼女は首を横に振る。

「いいえ、わかってます。みんなの言うこと、間違ってないです」

僕の否定を頑なに拒んで、そして震える息をついた。

「私……高校時代、クラスに好きな人がいたんです」

その言葉に、一瞬、胸がひどく痛んだ。

「片想いでした。向こうは完全に男友達だって思っていたはずで、だから私に言い出せるはずがなかった。今となっては甘酸っぱい思い出で、それでも、少しでもびっくりしてもらえたらいいなって思って同窓会に行ったのに……」

何があったかは、聞かなくてもわかる。

たぶん、彼女が同窓会を途中で抜けてしまったのも、そいつが原因なんだろう。

芹生さんはそこで唇を固く結んでしまって、何を言われたか、どんな目に遭ったのかはっきりとは言わなかった。それでも察しがつくくらい、彼女の表情は悲痛だった。

「渋澤さんは素敵な人です」

そう話す、芹生さんの目が涙で潤んでいる。

「でも私はみじめで、みすぼらしくて、おまけに嫌な奴です。自分より弱っている人に優しくして、自分が救われようとしたんです。そんな私が、渋澤さんの隣に立っていいわけない。あすかはすごくいい子だから、私よりもお似合いで、渋澤さんも喜んでくれると思って──」

「それは違う。僕は君が好きなんだ」

僕は否定しようとしたが、彼女はやはり頑なだった。頬に涙を伝わせながら、ねじれた声で訴えてくる。

「私……これ以上みじめな思い、したくないです。だから……ごめんなさい」

やがて電車がやってきて、芹生さんは涙を拭いながら、僕の方は振り返らずに車内へと消えていった。

僕は電車のドアが閉まり、ホームから走り出していくのを黙って見送るしかなかった。電車が去り、小田急線のホームが静まり返った後、惰性みたいに歩き始める。行くあてはない。帰るために山手線のホームへ向かうくらいしか思いつかない。

人でごった返すホームからすし詰めの山手線に乗り、代々木駅を目指す。つり革にも摑まれずにぎゅうぎゅうと押し合いへし合いしながら、ようやく嫌な実感が込み上げてきた。

これは、失恋したってことなんだろうか。

何年ぶりかわからない、見事なまでの振られようだった。悲しさや切なさももちろんあったが、何よりやるせなさが募って、どうしたらいいのかわからない。胸が苦しくて、息をするのさえつらくなった。

それでも足は自然と家へ向かう。代々木にあるアパートに、たった一人で帰っていく。すでに日は傾き始めていて、そういえば明日は月曜だと思った。明日から職場で、芹生さんと、どんな顔を合わせたらいいんだろうか。

僕の不安は、拍子抜けするくらい杞憂だった。

「あっ、おはようございます、渋澤さん」

月曜日の朝、総務課に出勤していった僕を出迎えたのは笑顔の芹生さんだった。いつも通り――ではないかもしれない。棒立ちになった僕からすぐさま目を逸らしたし、よくよく見ればあの涼しげな目元が少しだけ腫れているようでもあった。

「あの、芹生さん……」

僕が話しかけようとするのを遮るように、彼女は明るい声で続ける。

「今朝は冷え込みますね。めっきり寒くなりました」

無理に作ったような声音は、職場では昨日の件を持ち出したくないという意思の表れだろう。もちろん僕も他の社員の前で蒸し返したいとは思っていなかったし、芹生さんをこれ以上困らせるつもりだってなかった。

ただ一方で、この度の失恋を受け止めきれてもいない。その日以来、僕は何度も僕たちは本当にあれで終わってしまったのだろうか。その日以来、僕は何度も何度も何度も考えた。だがいくら考えたところで事実は覆らず、僕の言葉は芹生さんの心を動かせなかったという現実に胸が苦しくなるばかりだ。

諦めきれず、幾度かメッセージを送ってしまった。

『もう一度、できたら話がしたい』

そんなふうな要望は、しかしいつも、たった一言で拒まれた。

『ごめんなさい』

ブロックされなかっただけマシ、と言えばそうなのかもしれない。だがこんなふうに取りつく島もなく、事態を好転させる術はないままだった。

職場で会えばいつだって、他の社員と同じように笑いかけてくれるし、挨拶も世間話もしてくれる。最初のうちはあったぎこちなさも、ひと月、またひと月と経つうちに次第に薄れてきた。それでも昼休憩の際、休憩室でお弁当を食べている僕に声を掛けてくれることはもうなくなって、またじわじわと実感させられる。

僕はまだ、受け止めきれていない。

そんな思いを引きずったまま、時間だけが過ぎていき——長く寒い冬が明け、僕の東京生活も三年目を迎えた。

四月の初めの夜、僕は久し振りに播上（はたがみ）と連絡を取っていた。

なぜ久し振りかと言えば、冬の間はお互い繁忙期でまともに連絡も取り合っていなかったからだ。そもそも僕は芹生さんのことを未だに引きずっていて、他人と話したい気分ではなかった。『いやこの間振られちゃってさ』なんてあっけらかんと打ち明けられる心境でもなく、口を開けば湿っぽい愚痴と溜息になってしまいそうだったからだ。

そういう意味で孤独を極めていた僕の元に、播上が退職したという知らせが届いた。寝耳に水の出来事だった。

『事後報告になって悪かった』

第一声で詫びてくるところは真面目な播上らしい。

もっとも、今回ばかりは僕だって度肝を抜かれた。確かに最近電話もしていなかったが、まさか僕に黙って会社を辞めるとは思わなかった。

「別に謝らなくても。まあ、言っとけよとは思うけど」

僕が笑うと、播上も気まずそうに少し笑う。

『ずっと準備なんかで忙しくて、落ち着いたら報告しようと思ってたんだ』

「準備？　ってなんの？」

あの播上がなんの当てもなく仕事を辞めるとも考えにくい。準備というのは次の職についてのことだろうか。

そう当たりをつけた僕に、播上はすぐに答えた。

『地元帰って、実家の手伝いをすることにした』

「ご両親の店か？」

『ああ。将来的には、継げたらいいなと思ってる』

その返答は、思いがけず僕を打ち震わせた。

以前、播上に実家を継がないのかと軽々しく尋ねてしまったことを、僕は未だに気にしていた。だが播上はあの頃の葛藤を振り切り、ついに一歩踏み出す決意を固めたらしい。これは素晴らしい知らせだ。本当によかったと思う。

「そうなのか！」

思わず大声を出しかけて、そういえば夜だったとボリュームを一旦落とした。

お気に入りのソファーに座り直しながら続ける。

「お前なら絶対うまくやれるよ。天職じゃないか」

『ありがとう。そう言ってもらえてよかったよ』

播上はほっとした様子だった。そしてすごく、嬉しそうだった。

ということは、この電話は札幌からではなく、函館から掛けているというわけか。少しだけだが距離が縮まった。

『今は父親について、料理とか、店のことも習ってる。将来的には調理師免許も取るつもりだ』

「覚悟決まってるんだな。大変だろうけど頑張れよ、播上」

『ああ、頑張るよ』

「というか、事前に言ってくれたら背中押してやったのに。言うのが遅いよ、全く」

僕が東京に来る時、播上にそうしてもらったみたいに。

あの時のお礼ができるかと思っていたのに、播上ときたら一人でさっさと決めてしまうんだからな。

いや、一人で決めたと言い切るのはまだ早いか。

「で、清水さんはどうした？」

『え⁉ な、なんで？』

電話の向こうで、なぜか播上が動揺した。

「僕には事後報告でも、彼女にはそうじゃないはずだ。違うか？」

『あー……うん、そうだな』

言いよどまれたその瞬間に僕は察した。

これは間違いなく清水さんとの間にも何かあっただろう。播上が言葉を濁すなんて彼女がらみでしかありえないし、あの二人のメシ友付き合いも今年で六年目となる。ぼちぼちその関係性に変化が起きたとしてもなんら不思議ではない。むしろ遅すぎたくらいだ。

もちろん僕としては手放しで祝福してやりたいところだが、現在こちらは手痛い失恋の傷を引きずっている真っ最中だった。多少悔しい気持ちになりながら続きを促す。

「なんだよ、早く言え」

『いや、その、なんて言うか……』

「清水さんと何かあったのか？」

『えっ、なんでわかった⁉』

播上の声があからさまに動揺した。語るに落ちたというやつだ。

「ついに付き合いだしたのか？」

『ついにってなんだよ……いや、まあ、そうだけど』

ここまで来てまだ歯切れが悪い。

僕は舌打ちしたいのを堪えてさらに急かした。

「いいから早く言えって。なんて言って告白したんだ？」

『そ……れはいいだろ、どうでも。そんな話がしたくて電話したんじゃない』

「どうでもよくない。あれだけずっと長い間友達だって言い張ってたお前らがどうやって恋に落ちたのか、同期の僕には知る権利がある」

『そんな権利あるかよ』

播上のガードは堅く、なかなか口を割ろうとはしない。だが僕が新聞記者もかくやという粘り強さで突っつき通したら、最終的には打ち明けてくれた。

『故郷に帰って店をやるから、一緒にどうかなって聞いたんだ。彼女も飲食店で働きたいって夢があったらしいから。そしたら一緒に来てくれることになった。今すぐじゃなくて、来年の話だけど』

「ってことは清水さんが将来の女将さんか」

『まあ……そうできたらいいなと思ってる。彼女も賛成してくれた』

「彼女の話になると急に歯切れ悪くなるよな、播上」

『そんなことないけど』

いや、ある。大いにある。

この通話の間に必ずや吐かせてやろうと思う僕は、すかさず尋ねた。

「将来的には結婚するんだろ？」

『ああ……うん、そのつもりだ』

「いつ頃？」

『来年には、と思ってる』

来年の今頃には、播上と清水さんが夫婦か。長らく一緒にいる二人を見てきたから違和感はないし、結婚しても間違いなく仲良くやっていけるだろうなと思う。二人で店に立つ姿が今からでも想像できるくらいだ――播上の実家には行ったことないから、いつか行ってみたいな。

「じゃあ実質プロポーズしたようなもんか。どんな言葉で口説き落としたんだ？」

僕としてはそこも聞きたいのだが、播上はどうしても言いたくない様子だった。

『え⁉　どうしてそんなこと聞くんだよ』

「いいだろ教えろよ。気になる」

『……言ったらお前、一生からかってくるだろ』

「そんなことはしない。僕がどれほど紳士的な男か知ってるはずだ」

『紳士的な男がこんなに食い下がるか？　普通』

播上の口は予想以上に堅かった。どうしても吐かせられそうになく、だったら清水さんから聞き出そうかと思うが――播上が言いたがらないことを清水さんが教えてくれるとも思えなかった。彼女はそういう人だ。昔からなんだかんだで僕より播上の肩を持った。

そして僕は今、そんな二人がうらやましくて仕方がない。こちらは振られてもう五ヶ月近くになろうとしているのに、未だに身動きも取れないままだ。そこに幸せそうなカップルの話が舞い込んできたら、妬けるし悔しくもなる。

播上と清水さんは一歩先へ踏み出した。季節も冬を越え、春へと変わりつつある。東京での生活が三年目に入った今、僕だけが足踏みをしていていいのだろうか。

僕にだって、諦められないものがあるのに。

『渋澤はそっちの生活、どうだ？　もうだいぶ慣れただろ』

折しもこのタイミングで播上が、僕に水を向けてきた。もちろんそれは自分から矛先を逸らすための逃げでもあったのかもしれない。

「ああ、もうすっかり慣れたよ。お弁当作りも続けてるし、東京の地理も結構覚えた。電車の乗り換えもスムーズにできるようになったし」

『へえ、すごいな。もうすっかり東京の人か』

「訛りは相変わらずだけどな。魂はまだ道産子だよ」

芹生さんのきれいなイントネーションに比べれば、僕はまだまだ訛っている。彼女はいつだって僕のお手本で、そしていつしか僕の心の支えにもなっていた。

そんな彼女を、僕は今でも諦めきれない。

だから、播上にも言った。

「あとさ、僕も報告がある。お前のと比べると全然些細なことだけど」

『報告？　どんなことだ？』

「好きな子ができたんだ」

まだ諦めてはいない。この気持ちを過去にする気もない。

僕も前に進んでやろう。そう決意しての宣言だった。

6、晴れの日のお弁当

四月の半ば、総務部合同での歓迎会が開かれた。

職場近くのレストランを貸し切って行われたもので、平日だったので飲み会というよりは食事会だった。最初の軽い乾杯以外は酒を飲む者もあまりおらず、二次会へ行くと言ったのも全員ではなかった。僕も明日があるし、あまりお酒に強くもないので一次会だけでお暇することにする。

そして芹生（せりう）さんも、一次会だけで帰るつもりのようだった。

「同じ電車だし、駅まで一緒に行かない？」

一人で立ち去ろうとする彼女を呼び止め、誘ってみる。

芹生さんは一瞬だけ目を泳がせたが、意外にもすぐ頷いてくれた。

「いいですよ」

むしろ誘った僕の方が、おやっと思うほどだった。

でも応じてくれた彼女の心情はなんとなくわかる。こうして何事もなかったように同僚として誘いを受けることで、過去の諸々を本当になかったことにしようと考えているんだろう。今までも職場では、普通に接してくれていたように。

だが何もなかったなんてことはないし、過去を消してしまうこともできない。僕はちゃんと覚えている。あの日負った失恋の傷も、片時も忘れてはいない。

「二人で歩くの、久し振りだね」

田町駅に向かって歩き出しながら、僕はそう切り出した。

車がひっきりなしに通り過ぎていく道の脇、夜でも明るい歩道を肩を並べて歩いている。前は手を繋いで歩いたこともあったのに、今は手を伸ばしても摑めそうにない。

まばゆい街灯の光を受けて、ほの白い顔をした芹生さんがこちらを見た。

「そうですね……」

笑みはない。どんな表情をしようか迷っているようにも、どことなく寂しそうにも見えた。

だがすぐに取り繕って、控えめに微笑んだ。

「そうだ。渋澤(しぶさわ)さん、ご昇進おめでとうございます」

「……ああ、ありがとう」

この四月から、僕は総務課主任に昇進した。仕事を評価されたのは嬉しいことだし、給料だって上がる。彼女から祝ってもらえたのも喜ぶべきことだろう。

だが一つだけ、困ったこともある。僕と芹生さんは『職場の先輩後輩』から『上司と部下』という関係になってしまった。上司が部下に言い寄って困らせる案件なんて、彼女はもちろん、周囲からもそう捉えられてしまうことだけは避けたい。

僕はまだ、彼女を諦めてはいないのに。

会話はさして弾まなかった。僕は言葉を探しながら、彼女は不自然に押し黙ったまま、田町駅まで辿り着く。この時間でもまだ駅のカフェは開いていて、店内から漏れだす光の柔らかさにかつての記憶が蘇る。

去年の初夏、まだ梅雨入り前の頃、僕は同窓会帰りの芹生さんとあのカフェで話をした。僕はホームシックの悩みを打ち明け、彼女は同窓会で受けた悲しみを隠していた。それでもあの時、僕も彼女も、互いに救われていたはずだった。たとえそれが芹生さんにとっては不本意なものだったとしても。

「あの店で、話をしたな」

駅へ向かう横断歩道の前で立ち止まり、信号が変わるのを待つ。その間に僕が呟くと、彼女もまた小さく答えた。

「そうでしたね。なんだか……遠い昔のことみたいです」

「僕はまだ、ちゃんと覚えてるけどな」

「私だって覚えてます。でも――」

芹生さんが何か言いかけたところで、信号がぱっと変わった。頭上で光る青信号の光に照らされ、青ざめた顔の彼女が俯く。

僕らが横断歩道を渡り切ったところで、彼女がまた口を開いた。

「以前のこと、本当にごめんなさい」

急に謝られてしまった。

戸惑う僕に、芹生さんは淡々とした声で語る。

「渋澤さんにはとても失礼なことをしました。あすかにも怒られました、あんなことをした上に交際をお断りするのはひどいって。私も、最低なやり方をしたって思ってます」

日南さんからすれば、怒るのも無理はないだろう。芹生さんは僕の気持ちを知った上で彼女に紹介したのだから。

「他人を傷つけてまで自分が楽になりたかった。それだけだったんです」

どこか自嘲気味に続けた芹生さんの、背負う傷は本当に深いようだ。

僕はその全てを知っているわけではないし、これから知ることだって不可能だろう。だが理解することはできるかもしれない。もしも彼女が、僕に教えてくれるなら。

「それで、楽になれた？」

そう尋ねると、芹生さんの顔に一瞬動揺の色が走ったように見えた。車道を走る車のライトが彼女の暗い表情を照らし、白く浮き上がらせる。

「あの……はい。多分」

なんだか曖昧な答え方をしたのは、彼女自身の気持ちにも整理がついていないからではないだろうか。

彼女の顔を覗き込み、僕は笑いながら尋ねた。

「僕を振ったこと、後悔してない？」

もちろん肯定的な返事があるなんて自惚(うぬぼ)れてはいない。しっかり振られたことはわかっている。

芹生さんは急に足を止め、声を張り上げた。

「まさかそんなこと――いえっ、あの、ないんですけど！　ないです、けど……」

何度か言い直しながら、言葉を探すように視線をうろうろとさまよわせる。

結局、言いたいことは見つかったのだろうか。俯き加減で言った。

「渋澤さんは素敵な方だと思います。でも私は一人でいいって決めたんです。自立して、誰にも頼らず生きていくならみじめな思いをすることもないから」

一人で生きられるのは、もちろん立派なことだろう。誰にも頼らず、甘えずに自分の力だけで生きていけるなら、それに越したことはないだろう。真面目に頑張る彼女なら、もしかすればその理想を叶えられるかもしれない。

でも僕は無理だった。一人きりで東京に来てどうしようもなく寂しくなった時、帰りたくなってしまった時、手を差し伸べてくれる人がいたから乗り越えられた。芹生さんがいてくれたから。

「僕は君と生きたいな」

田町駅の前で立ち止まったままの彼女に、僕は言う。

俯いたままの芹生さんの肩がびくりと跳ねた。

「君と一緒に美味しいものを食べたい。君が美味しいって言ってくれる顔を見るためなら、どんな料理だって挑戦しようと思うよ」

僕の作ったお弁当を食べる時、うっとりと目をつむってくれるあの顔が好きだ。

それが見たくて僕は、いろんな料理を練習し、作り続けてきた。

「君が教えてくれた四季折々の言葉もまだ覚えてる。この先の季節も、君と一緒に迎えたい」

百花の魁の言葉の通り、梅の花期が過ぎた後、東京には花咲く春がやってきた。夏が来れば蓮が咲き、秋には金木犀が香る。故郷では見られなかった花々を教えてくれたのも、彼女だった。

「今でもまだ、君が好きだよ」

以前となんら変わりなく。

いや、時を重ねてきた分だけ、想いはより強く募ったかもしれない。

僕の言葉に、彼女は弾かれたように顔を上げる。大きく瞠った目には悲痛な色を湛えていたが、しかし視線を合わせるのを嫌がるようにすぐ横を向いた。

「私には、そんな資格ないです」

「僕はそう思わない。君が一人でいたいって言うなら尊重はする。でも誰かに頼りたくなったり、甘えたくなったら、真っ先に僕を思い出して欲しい」

目を合わせてくれない彼女に、それでも僕は諦めずに告げる。

「その時は僕が、何を差し置いても君を助けに行くから」

僕なら君に、みじめな思いなんてさせない。つらい時、寂しい時、誰かの助けが欲しい時、いつでも呼んでくれて構わないのに。

芹生さんの唇が、何か言いたげに動いた。僕の言葉を否定したかったのかもしれない。だがそれは結局声にならず、彼女はおざなりに会釈をした。

「ごめんなさい。お先に失礼します」

そうして僕の脇を早足ですり抜けたかと思うと、田町駅構内へと消えていく。

僕は誰にも見えないように、こっそりと微笑んだ。

言いたいことは言えた。まだ諦めていないことを彼女に伝えておきたかったのだ。かつての出来事は、二人で一緒にお弁当を食べた日々は、なかったことには決してならない。そのことを伝えられたなら、今は満足だ。

もちろん、あくまでも『今は』だ。

このまま待ちの態勢に甘んじているつもりはなく、何か好機があればいつでも攻勢に転じるつもりでいる。いつ好機が来るのか、それが全く見えないのが問題なのだが。

僕は諦めていない意思を芹生さんに伝えた。あれ以来、彼女の態度が変わったようには見えない。勤務中は分け隔(へだ)てなく穏やかに接してくれる。ただ昼休みや出勤、退勤時に出会った時は短い挨拶だけですれ違っていくので、多少避けられてはいるのかもしれない。

今の段階で僕にできることはそう多くなく、内心で焦りもある。幾度となくメッセージを送りたい衝動にも駆られたが、一歩間違うとストーカーめいてしまうのでぐっと堪えた。ただ好機を待つしかない日々は当然苦痛しかなく、ホームシックを抱えていた頃と同じように鬱屈としたものだった。

ただ、あの頃と違うことが一つある。

僕はもう、一人で悩んだりはしないと決めた。

「――女心って、難しいな」

溜息まじりに僕がぼやくと、電話の向こうから微かな苦笑が聞こえた。

『そうだな、難しいよな』

懐かしいイントネーションの同意は、播上(はたがみ)のものだ。

少し前に僕が『好きな子ができた』と打ち明けて以来、播上は僕にとっての恋愛相談相手となっていた。もちろん相手は播上、このように相槌を打つくらいで役立つアドバイスなんぞは全くくれない。自分はかわいい彼女を作って、遠距離ながらも幸せそうにやっているというのに。

「播上はいいだろ、清水さんと相思相愛なんだから」

からかい半分で、今の状況を愚痴っておく。

「僕なんかどうにも……」

『その分だと、相変わらずみたいだな』

「そうなんだよ。彼女は本当に手強い」

真面目で勤勉だが裏を返せば頑なで、意地っ張りで、そのくせ深く傷ついていたことをずっと隠して、笑い飛ばそうとしてきた彼女。もしかすれば初めて本音を打ち明けた相手が僕だったのかもしれない、とさえ思える。それまでは誰にも、本心を零すことも怒ることもできずにいたんだろう。

みじめな思いをしたくない。彼女の気持ちは確かにわかる。

わかるからこそ、歯がゆい。

「女の子って、なんであぁも鈍感なんだろう」

僕は芹生さんに関して、播上にも包み隠さず話すつもりはなかった。こと彼女が秘めてきた深手に関しては、知らない相手にぺらぺら喋られたら嫌だろう。だから播上への相談や愚痴はどうしても曖昧な物言いになっていたが、播上も突っ込んで聞いてくるタイプではなかったのでちょうどよかった。

「面と向かって口説いたところでこっちの言葉を素直に受け取らないし、それならと思って搦め手で行けば、知らん顔してすり抜けていくんだからな」

彼女がどうして僕に日南さんを紹介したのか。それは彼女が僕に、友人と比較されて選ばれないことを避けたかったからだろう。これまでにさんざん男扱いをされてきた彼女は、自分に自信がなかった。わずかほどもなかったから、傷つく可能性から逃げたのだ。

あれだけ僕がわかりやすく好意を示したっていうのに、鈍感にもほどがある。

『わかるよ』

播上が同調してきたので、噴き出しそうになるのを慌てて堪えた。

芹生さんと播上は、自分の気持ちに鈍いという点ではいい勝負だ。それと、清水さんも。

「違うだろ。お前と清水さんの場合は二人とも鈍かった」

『えっ、なんでこっちに飛び火するんだよ』

僕の指摘に、播上はなぜか不満そうな声を上げる。

「お互い自分の気持ちに気づくまで何年掛けたんだ？　なかなかいないぞ、お前達みたいなのんびり屋は」

僕が二人と過ごした時間はたった三年だが、その三年間で仲睦まじい姿をどれほど見せつけられたことか。言わなかっただけで僕も、周りの人達と同じように思っていた。全く目の毒だった。

『俺達のことはいい』

旗色が悪いと見てか、播上は僕の言葉を止めにかかる。

『とりあえず俺が鈍感だって知ってるなら俺に聞くなよ。言っておくけど手練手管なんて知らないし助言なんてできないからな』

そうは言うが、なんの手練手管もない人間が付き合ってもいなかった相手といきなり結婚に持ち込めるものだろうか。播上はプロポーズの言葉は無論、清水さんと想いを確かめ合うに至った経緯ですら何一つ教えてくれようとはしない。もしかするとそれは、恋に悩める者を懊悩から救う叡智となるかもしれないのに。

だが僕も、誰かに教わったやり方で道が開けるなんて甘い考えは持っていない。だったらなぜ播上に愚痴を零すのかと言えば、その理由はかつて、本社への異動を打ち明けた時と同じだ。発破をかけて欲しいだけだった。

「それで、いつ頃結婚するんだ？」

僕が問うと、播上は若干照れくさそうに答える。

『まだ決めてないよ。お互いに落ち着いてからだと思う』

「そうか。遠距離恋愛、辛くないか？」

『寂しくないとは言わないけど、こっちはこっちで忙しいしな。彼女も仕事がある』

聞いたところによると、清水さんはもう一年だけ札幌支社に残って勤め上げるつもりだそうだ。二人はまめに連絡を取り合っているそうだが、それでも遠距離恋愛は楽なものではない。

「よくやってるよ、播上。店の方だって大変なんだろ？」

『そりゃあな。でもまだまだ、大変なのはこれからだ』

「すっかり落ち着いてるな、立派じゃないか」

僕は転職など考えたこともないが、先々のことを考えて動いた播上には素直に感銘を受けている。十年、二十年先の未来を想像した時、播上はご両親の店に立っていたいと考えるようになったんだろう。清水さんと一緒に。

さしあたって僕の未来はどうなるか――やっぱり考えてしまうのはたった一人のことだけだ。それ以外はまだ何も思い浮かばなかった。

「僕は駄目だ。寝ても覚めても彼女のことを考えてしまって、とてもじゃないけど播上のように泰然としてはいられないよ」

　思わず本音を吐露した後、僕は播上に水を向ける。

「何かいい手はないかな、播上」

『だから俺に聞かれても。女心についてなら、いっそ清水に聞けばいいじゃないか』

　ろくに考えもしない素早さで播上が答えた。僕のためにちょっとは頭をひねってくれてもいいものを。

　それならと、僕は別のやり方で突いてみる。

「いいのか？　僕が個人的に、清水さんと連絡を取り合っても」

　僕と清水さんも同期ではあるのだが、個人的なやり取りはほとんどしたことがなかった。東京に来てからは一切というほどない。彼女とは播上を通じて話すくらいの間柄だったし、播上に対する無意識の遠慮みたいなものも少しはあった。今後は『友達の彼女のち奥さん』にもなるわけで、ますます配慮が必要になるだろう。

ともあれ僕の挑発に、一瞬、変な間があった。

『……べ、別に。俺はそういうの、ちっとも気にしないし』

そして播上はまんまと動揺していたので、僕は勝利を収めた気分になる。

泰然と遠距離恋愛しているように見えて、実は結構じれったくなってるのかもな。

孤独ではなくなると、人は意外と強くなれるものだ。

播上に話を聞いてもらっていることで、僕はいくらか前向きな気分になれていた。もちろんそれで何か進展するということも一切なかったのだが、少なくとも一人で煩悶するよりはずっとマシだった。お蔭で今日も、笑顔で彼女と接することができる。

「渋澤さん、業者さんがいらっしゃいました」

内線電話の受話器を置いて、芹生さんが声を掛けてきた。

「ありがとう。あそこはいつも時間通りで助かるな」

僕は彼女に笑い返しつつ、席を立つ。

待っていた相手は備品レンタル業者だ。今年度もこの時期に営業がレセプションを行うことになり、そのために必要なオフィス什器をオーダーしていた。搬入は総務の仕事で、そして今回も僕と芹生さんが担当することになった。正直もう少し人員が欲しいところだと昨年度から思っているのだが、どこも忙しいので応援は期待できそうにない。

「一応、課長は『手が空いたら行く』とは仰ってたけどね」

共に業者の元へ向かう途中、僕は芹生さんにそう言った。

「でも今日はお忙しそうだったからな。最悪、援軍なしって可能性も見ておかないと」

個人的には芹生さんと二人きりの作業というのも悪くないと思っている。昨年度はそういう意味ですごく楽しい時間も過ごせていたが、今年度が状況が違っていた。

芹生さんはきりっとした顔つきで僕を見る。

「大丈夫です。私、腕力には自信がありますから」

「去年も言ってたね、そんなこと」

「……ええ」

彼女が少し複雑そうな色を覗かせたから、僕はそっと笑いかけた。

「今年も頼りにしてるよ」

「お任せください」

対照的に、芹生さんは笑っていない。ただただ真面目な顔で頷いてみせた。

什器の点数を確かめ、業者さんをお見送りした後、僕たちは会議室までの搬入作業を開始した。折り畳みテーブルと椅子などを台車で、会議室前の廊下へ運んでから、手作業でセッティングまで行うのも昨年度と同じだ。

「じゃあ早速――」

始めようかと言いかけたところで、僕の社用スマホが鳴った。取り出してみれば、表示されている名前は花瀬課長だ。

「課長からだ。出るから、少し待ってて」

「はい」

僕は芹生さんに断り、彼女を待たせて電話に出た。

花瀬課長の用件は搬入作業の進捗についてで、僕の報告を聞くと少し申し訳なさそうに『こちらはもう少しかかるので間に合わないかもしれない』と言われてしまった。元から援軍は期待していなかったが、どうやら今年度も二人掛かりでの作業になりそうだ。

「わかりました。じゃあ芹生さんと一緒に頑張ってきます」

『ああ、頼んだ――』

課長のその言葉を遮るように、背後の会議室で大きな物音がした。硬い、大きな重いものがぶつかるような音の後、続けて床に何か落ちる音が響く。

『ん？　今の音は何？』

電話の向こうにも聞こえたのだろう。珍しく張り詰めた課長の問いに、僕は確かめるつもりで会議室の中を覗いた。

すぐに、息を呑んだ。

いつもなら真っ直ぐに立っているはずの、備えつけのスチール棚が倒れている。その近くには今日レンタルしたばかりの折り畳み机が落ちていて、さらにその傍らでうずくまっている芹生さんの姿があった。よく見れば彼女の右肘から先は折り畳み机の下敷きになっており、彼女は唯一自由な左腕でそれを懸命に退けようとしていた。

「――芹生さん！」

僕はスマホを放り出して駆け寄ると、彼女の右腕を押しつぶしていた折り畳み机を退けた。推定十キロ以上ある机は両手で持ち上げるなら大した重さではなかった。だがその下から現れた彼女の腕は、ブラウス越しに見てもわかるくらい腫れているようだ。

「大丈夫？　腕に落としたのか？」

声を掛けながら覗き込んだ顔は苦痛に歪み、額には汗がにじんでいる。

「はい……テーブルを棚にぶつけて、とっさに取り落としてしまって……」

「見せて」

彼女に断り、ブラウスの袖のボタンを外して、腕を動かさないようにそっと捲る。案の定、彼女の右肘は熱を持ち、赤く腫れ上がっていた。捻挫程度で済めばいいが、最悪骨折ということもある。

「すぐに病院へ行った方がいい。労災扱いになるからその旨申し出て——とりあえず、立てる？」

僕が尋ねると、芹生さんは震える声で応じた。

「はい……ごめんなさい」

声だけではなく、彼女の肩も同じように震えている。痛みのせいかと思ったがそれだけではないのか、やがて目に涙が滲んできた。

「ごめんなさい……私、一人でできると思って、勝手に搬入を始めて……」

そういうことか。課長からの電話に僕が出ている間、作業を少しでも進めておこうと思ったのだろう。

「一人でできるって過信してたんです……渋澤さんに、私が一人でも大丈夫だってことを見てもらいたくて、それで――」

「……そんな理由で」

無理をしたのか。

言葉に詰まる僕の前で、芹生さんがはらはらと泣き出した。

「ごめんなさい、結局ご迷惑をかけただけで私、意地を張って役立たずで――渋澤さん、本当にごめんなさい……！」

「謝らなくていい」

僕は彼女に言い聞かせると、その腕が痛まないよう慎重に彼女を立たせた。そして彼女にハンカチを差し出しつつ、改めて告げる。

「謝らなくてもいいから」

「でも、搬入作業が……」

「大丈夫、僕がやっておく。君はとにかく病院へ。骨が折れてないか、診てもらった方がいい」

芹生さんはこの怪我にひどくうろたえているようだった。言い含めるみたいに繰り返し告げてようやく、病院へ行くと言ってくれた。

彼女が病院から帰ってきたのは、僕が搬入作業を終えて総務課に戻ってからしばらく後のことだった。

労災認定となるため、病院帰りのところをヒアリングする。彼女の右腕は骨こそ折れていなかったが、捻挫のために数日間は固定が必要とのことだった。

真っ白な三角巾で腕を吊るした芹生さんは、同じくらい蒼白な顔をしている。

彼女は利き腕の負傷ということで回復までの休職が決まった。やむを得ないことだが、やはり深く落ち込んでいるようだ。

「本当に、皆さんにご迷惑をおかけしまして……」

「いいから、まずは治療に専念しておいで。焦って早く治そうとしたらかえってよくないよ」

僕は彼女を慰めようと笑いかけたが、もちろん彼女が元気になることはなかった。それどころかまだ泣き出しそうな顔をしている。

ヒアリングの場所には休憩室を選んだ。総務課でもよかったのだが、病院から戻ってきた彼女が女子社員たちに囲まれてしまいそうだったからあえてここまで連れ出した。怪我の一件はあっという間に社内にも知れ渡ってしまい、芹生さんが病院へ行っている間も、千鳥さんを筆頭に他の課の女子社員が入れ替わり立ち代わりやってきて、心配そうに怪我の様子を聞いていった。心配してもらえるのはもちろんいいことだが、正直、今の芹生さんに対応できるとも思えなかったのだ。

夕方近い休憩室には人の姿もまばらで、ビルの大きな窓ガラスからはこっくり蜂蜜色の陽射しが斜めに射し込んでいる。その中でうつむく芹生さんは、透き通るように白い顔をして、ほつれた束ね髪も陽光と同じ色にきらきら光っていて、まるで消えかけた儚い存在のように見えていた。

「私、馬鹿でした……」

ぽつりとそんなことまで言うから、僕は首を横に振る。

「自分を責めちゃ駄目だ。君が無理した理由、僕はちゃんとわかってるけど」

「はい……」

「それで失敗したんだから一度は反省して、あとは同じ間違いを繰り返さなければいい。誰だって失敗くらいするよ。でもいつまでも引きずったりしなくていいんだ」

一番よくないのは失敗を引きずりすぎて、同じ過ちを繰り返すことだ。僕もお弁当作りでは何度か失敗したが、それを次の機会に活かすことを覚えた。一度反省したらそれでよし、そのくらいの気持ちでいるのがいい。

芹生さんはまだしおれているようだが、次の言葉はいくらかしっかりしていた。

「渋澤さんには特にご迷惑をおかけしました。結局、搬入作業もやっていただいて――」

僕はそれを遮り、訂正する。

「迷惑じゃなくて、心配って言って欲しいな」

思いがけないという顔をした彼女が、おずおずと言い直した。

「ご心配も、おかけしました」

「うん、心配した。最初に机の下敷きになってる君を見た時は、心臓が止まるかと思った」

スマホをぶん投げて駆け寄ったものだから、その後のやり取りが花瀬課長にも筒抜けになっていたそうだ。血相を変えて戻ってきた課長と、結局二人で搬入作業を終えた。

「そこまでびっくりさせてしまったなんて……本当にごめんなさい」

芹生さんが真面目に謝ってくるから、僕は笑うしかない。

「僕の心臓が止まったら困る？」

「すごく困ります。私まで止まってしまうかもしれません」

「それは僕が嫌だな」

本音で告げたら、芹生さんはほんの少し、綻ぶように笑ってくれた。

「じゃあ、もう心配させないで欲しい。といっても君が自立したがってること、頑張り屋さんなこと、時々無理もしがちなことは僕も十分わかってる」

僕の言葉を、彼女はやはり真面目な面持ちで聞いている。いくらか元気が出たのだろうか、ようやく目に光が戻ってきたようだ。

「でも怪我するくらい無理をするのは駄目だ。そういう時は君が嫌でも、絶対に誰かを頼ること。怪我をして後悔するより、誰かに頼る方がずっと簡単だし危なくない」

「……はい」

「特に僕には、もっと軽い気持ちで頼ってくれていい。この通り、心配したら話が長くなる奴だからな。　最初からなんでも任せておいた方がよっぽどマシだって思うだろ?」

　わざと軽い調子で尋ねたら、やっぱり真面目な答えが返ってきた。

「マシとかじゃなくて……私、渋澤さんを頼りたいって思いました」

　あの涼しげな目が真っ直ぐにこちらを見つめてくる。夕暮れ近い時刻の陽射しは彼女の瞳も明るく輝かせて、急にいきいきとしたように僕には見えた。

「ありがとうございます、渋澤さん」

　彼女が礼儀正しく頭を下げたから、僕も笑って、頷いた。

「何か困ったことあったら、僕に頼って」

「はい」

「休職期間中でも、いつでも連絡くれていいから」

「はい」

　芹生さんはそう答えたが、でも連絡はないだろうなと思っていた。さすがに勤務時間外に僕を頼りにしてくれることはないと考えていたのだ。

　芹生さんからメッセージが送られてきたのは、彼女が休業に入ってから四日目のことだった。

この日は土曜日でもあり、僕は朝から溜まっていた洗濯や掃除などをして過ごしていた。夕飯とお弁当の材料の買い出しにでも行こうかと身支度を整えていれば、急にスマホがメッセージを受信する。表示されている名前が芹生さんのものだったから、二重の意味で驚いた。

一つめの驚きはもちろん、彼女から連絡が来るなんて、という意味だ。去年の秋の終わりに振られてからというもの、こちらからのメッセージには短い拒絶の言葉が来るだけだったし、当然彼女の方から連絡が来ることもなかった。先日怪我をした時には頼りにして欲しいと改めて告げてはいたが、本当に連絡をくれるとは思ってもみなかった。

もう一つの驚きは、休業四日目のこの日に連絡が来たということだ。先日の負傷の際に彼女がかかった医者は、『三日後に経過を見るのでまた来るように』と申し渡したらしい。つまり彼女は昨日あたり病院に行っているはずで、僕に連絡をくれたのもその経過に関する話ではないかと思った。悪い知らせでなければいいのだが。

『ご都合のいい時に、お電話でお話できませんか？』

彼女からのメッセージには、そんなふうに記されていた。

もちろん僕はすぐさま返信を送る。こちらから掛けようかという申し出はやんわり断られたが、彼女は即座に電話を掛けてくれた。

『お久し振りです、渋澤さん』

彼女の声を聞くのはたった数日ぶりなのに、確かに久し振りなように感じる。声がまだ暗く聞こえるのは僕と話す緊張のせいだろうか、それとも。

「久し振り。怪我の調子はどう？」

『昨日、病院へ行ってきました。経過はいいみたいで、このままいけば一週間で仕事に戻れそうです』

いい知らせだった。僕は密かに胸を撫で下ろす。

「それはよかった。でも焦らず、ちゃんと治して」

『はい』

それでも彼女の声は暗い。恐らくは怪我をした後悔を未だに引きずっているのかもしれない。

『仕事に穴を開けてしまって、本当にすみません』

「みんなでフォローしあってるから大丈夫。もちろん、君が戻ってきてくれるに越したことはないけど」

ここ数日、芹生さんのいない総務課で働いた。真面目な彼女がうちの職場にどれだけ貢献しているか、僕らは十分に思い知っている。特に彼女を秘書みたいにしていろいろ任せていたうちの課長は、すっかりてんてこまいの毎日を送っているようだ。次のボーナス査定には色をつけてあげて欲しいものだと思う。

そういった話を伝えると、芹生さんはほんの少しだけ笑った。

『花瀬課長にも連絡をしたんです。そしたら早く戻ってきて欲しいって言っていただきました』

「みんなそう思ってるよ。君がいないと寂しいって」

『課長は、渋澤さんが特に寂しがってるって仰ってました』

なんでバレたかな。顔に出しているつもりはなかったのに。

だが彼女がいない総務課は、明かりが消えてしまったみたいに寂しかった。早く会いたい、また元気な顔を見たい。そう思っていたのも事実だ。

「そりゃ寂しいよ。僕は特にね」

正直に打ち明けると、電話の向こうでは数秒間の沈黙があった。

『……私は渋澤さんに、とてもひどいことをしました』

今、芹生さんはどんな顔をしているのだろう。声は悲しそうに沈んでいる。

『あんなことをしておいて、あの時の私は自分の行動が私と渋澤さんのためになるって思い込んでいたんです』

「僕の？　どういう理由で？」

『渋澤さんには、私よりももっとふさわしい人がいるだろうからって……』

彼女が言いにくそうにしたので、僕は思わず溜息をついた。

「そんなの、いるわけがない。だいたい君のためにだってなってた？」

『いいえ』

あっさりと、芹生さんは否定する。

『私のためにもなりませんでした。私は……私だって本当は、渋澤さんがよかったんです。傍にいて励ましてくれたり、困っている時に助けてくれたり、失敗した時に優しく慰めてくれる渋澤さんに、傍にいて欲しいんです』

消えていた明かりが、ぽつりと灯ったように思った。

土曜の午前、よく晴れた夏の一日だ。部屋に明かりはついていないしつける必要だってない。だが僕の目の前はにわかに明るくなり、冷房で冷やされた身体に温かい何かが満ちてくるようだった。ついた息は熱く、震えていて、自分があまり冷静ではいられなくなっていると自覚する。

「君が望むなら、傍にいるよ」

震える声で告げた。

電話越しに聴く彼女の声も、微かに震えているようだった。

『渋澤さん、私、馬鹿でした。ずっと思っていたのにごまかそうとしてきて、長い間、こんな気持ちなくなればいいのにって願ってたことを言います。私、渋澤さんが――』

「あ、ちょ、ちょっと待って」

僕は大慌てで彼女の言葉を遮る。せっかく今日は土曜日なのに、電話で聴くだけなんてもったいない。

「君の都合が悪くなければ、これから会えないかな。どこでも行くから」

そう告げると、彼女はためらいがちに答える。

『私、出歩いたりとかは……なので差し支えなければ、私の部屋にいらっしゃいませんか』

「差し支えなんてあるはずない」

『あ、何もない部屋ですから期待しないでくださいね』

芹生さんは今更のように慌てていたが、もちろん僕も浮き足立っていた。そのことを声に出さないよう試みたが、上手くいったかどうかは不明だ。せっかく彼女に会うのだからと、ついでに尋ねておく。

「利き手を怪我して不自由だろ？　何か必要なものとか、買ってきて欲しいものとかない？」

するると彼女は微かに笑いながら、こう答えた。

『あの、もしご面倒でなければ、なんですけど』

「なんでも言って」

『渋澤さんが作ったご飯、食べたいです。ここ最近、出前とかばかりで……』

もちろん、二つ返事で了承する。芹生さんは僕の顔を見たら、きっとお腹が空くだろうから。

僕が芹生さんの部屋を訪ねたのは、夕方四時頃のことだった。

彼女が僕のご飯を食べたいと言ってくれたので、あの電話の後で急いで買い物に行き、食材を揃えた。そしてご飯を炊き、僕が作れる限りのおかずを作った。粗熱を取ってお弁当箱に詰めるまで時間がかかってしまったし、持っていくのに旅行用のドラムバッグを使わなければならなかった。

初めて小田急線に乗り、各駅停車でのんびり揺られながら狛江へ向かう。狛江市に行くのも初めてで、駅を出ると閑静な住宅街が広がっていた。ところどころに畑もある、どこか懐かしい街並みを彼女の部屋まで歩いていく。

芹生さんの暮らすマンションは、駅から十分も掛からないところに建っていた。七階建てアパートの三階に住んでいるそうで、彼女の部屋のインターフォンを鳴らすと、すぐに反応があった。

『あっ、渋澤さん。今ドアを開けます』

そう言ってものの数秒で錠の開く音がして、ドアが重い音を立てる。

中から顔を覗かせたのはもちろん芹生さんだ。少し痩せたようにも見える顔が、僕を見てぎこちなくはにかむ。目が微かに潤んだようにも見えた。

腕を怪我して結ぶのにも苦労しているのだろうか、今日は髪を下ろしていた。肩につくか、つかないかくらいの長さの髪はこうして見ると猫のように柔らかそうで、さらさらだ。服装も着やすさを選んでか前開きのブラウスと、きれいな色のフレアスカートをはいていた。

僕もその顔を見たらたまらなく安堵して、自然と口元がゆるむのがわかる。

「いらっしゃいませ。上がってください」

「お邪魔します」

ドラムバッグが戸口に引っかからないよう、慎重にドアをくぐった。

初めて入る芹生さんの部屋は、1Kの小ぎれいな部屋だった。フローリングの床には青いふわふわのラグマットが敷かれ、丸いローテーブルとテレビを載せたテレビボード、それにパソコンデスクがある。テレビボードの横には小さな本棚が設けられており、資格関係の本やビジネス書の他、バレーボールの雑誌なども並んでいた。

ふと、壁に掛けられたコルクボードが目に留まる。何枚かの風景写真が飾られたボードの片隅に、見覚えのあるペンギンのキーホルダーがぶら下がっていた。かつて二人で遊びに行った、すみだ水族館で購入したものだ。

今日まで、飾っておいてくれてたのか。

「あ、あの、こちらお使いください」

芹生さんはまだ右肘から腕にかけて包帯をしていたが、左手だけでクッションを持ってきて僕に差し出した。僕は大慌てでそれを受け取り、それから笑う。

「いいよ、気を遣わないで」

「あんまりおもてなしもできませんが……あっ、何かお飲みになりますか？」

「いいって。君は座ってて」

僕はローテーブルを借り、持ってきたドラムバッグの中身を取り出してはそこに並べていく。鮭のちゃんちゃん焼き、こんがり焼いてタレを絡めた豚丼、とうきびご飯のおにぎり、スープジャーに詰めたスープカレーなどなど——彼女が美味しいと言ってくれたメニューのうち、冷凍もできそうなものをたくさん作って持ってきた。

「保冷材入れてたからよく冷えてるし、このまま冷凍庫に入れられるよ」

「わあ……こんなにたくさん、ありがとうございます！」

「どういたしまして。もちろん、すぐ食べたって構わない」

芹生さんは非常に悩んだ様子で、僕が持ってきた食べ物たちをしばらくじっくり見比べていた。だが利き手がまだ上手く使えないとのことで、今日食べるのはとうきびご飯に決めて、残りは冷凍することにしたようだ。キッチンの冷蔵庫まで運ぶのを僕も手伝った。

「腕の調子はどう？」

「以前よりは腫れも引きましたし、痛みも和らぎました。経過がだいぶいいって、お医者様も言ってくださってて」

「ちゃんと静養に努めてたからだよ、さすがだ」

僕が褒めると彼女は照れた様子で微笑んだ。

彼女の家の冷蔵庫は冷凍室が一番下の段にあり、彼女は屈んでその中に僕が持ってきた食べ物を詰めていく。全部終わるとドアを片手で閉め、こちらを見上げてきた。

「あの……渋澤さん」

「何？」

聞き返すと、彼女は立ち上がりながらも目を逸らす。今は視線を合わせたくないというより、恥ずかしがっているのかもしれない。やけに瞬きが多く、頬にはほんのり赤みが差していた。

「私があなたにしたこと、許してくださいとは言えません。ただ――」

「許すよ」

何か言いかけたのを遮って告げると、芹生さんは眉尻を下げる。

「え、でも……」

「あの時傷つかなかったって言ったら嘘になるけど。でも僕は、君がいてくれたらそれでいい。昔の嫌なことなんてすぐ忘れるよ」

だから君も忘れてしまうといい。

昔の傷とか、みじめな思いとか、君を傷つけてきた全てのことを。君がどれだけ素敵な人かは僕がちゃんと知っている。胸を張っていていいんだ。

「君のことが好きだ」

改めて、僕は芹生さんに言った。

「同窓会帰りの君が僕に声を掛けてくれた時、すごくきれいだと思った。僕の祖母の家に飾られている、ドレスを着込んだ愛らしいビスクドールみたいだって思ってたんだ」

「そんな、さすがに言いすぎですよ」

目の前で、芹生さんが耳まで真っ赤になる。それでも必死にこちらを見ようとしてくれる。目を逸らしていたい気恥ずかしさと戦いながら、ぎくしゃくと僕を見た。

「僕は君に適当なお世辞や、ごまかしの嘘なんて言わない。僕が君をきれいだと言ったら心からそう思っているし、君が好きだと言った。本当に好きで、何より大切にするって思ってる。君に望むことは、僕の言葉を信じて欲しいってことだけなんだ」

芹生さんが僕を見ている。

いつになく真っ直ぐに、わずかにも逸らさずに。

「信じてくれる？」

そう尋ねると、彼女はその瞳に僕を映しながら答えた。

「信じます」

そして彼女らしい真面目さで深く頷いた後、小さな声で言う。

「私も渋澤さんが好きです。ずっと好きだったのに、言えなくて……私、意気地なしでした。自分が選ばれないことが怖くて、みじめな思いをするのが怖くて、ずっと逃げてばかりいたんですから。でももう、逃げたりしません」

「私は……私をきれいだって言ってくれる人を信じたい。そして、大切にしたいって思います」

逃げずに僕と向き合う顔はどこまでもひたむきで、そしてすごくきれいだった。

「うん」

僕はたまらなく嬉しくなって、幸せな思いで、そっと彼女の頬を撫でる。本当に磁器みたいになめらかな皮膚が今は熱を持っていて、触れたら手のひらから溶けていきそうだった。

芹生さんがくすぐったそうに身をよじる。

「あ……えっと……」

そして困ったように視線をうろうろさせてから、ラグを敷いた部屋の方を指差す。

「と、とりあえず、座りませんか？　こんなところで立ち話もなんですし……」

そう語る赤い唇は、今は少し乾いているように見えた。利き手が使えないからか、今日の彼女はうっすらとしかメイクをしていない。それでも十分きれいで、かわいい。

「じゃあ、そうしようか」

僕が頬から手を離すと、彼女は少しほっとしたようだった。でも空いた手で僕が彼女の左手を握り、そのまま引き寄せたら、不意を突かれたからか目を丸くしていた。

「あっ」

声を上げかけた唇に、自分の唇を重ねる。

触れ合うだけの短いキスだった。それでも、芹生さんは震え上がりながら僕を見た。

「ふ、不意打ちは駄目です。心臓止まっちゃう……」

「それは困るな、次からは予告するよ。キスするから」

「あっ……――あ、の、それも不意打ちと一緒です……！」

ぎゅっと僕の手を掴んで訴えてくる彼女が、やっぱりすごくかわいかった。


その日、僕は時間の許す限り彼女の傍にいた。

「渋澤さんも一緒に食べませんか、おにぎり」

「僕が食べたら足りなくならない？」

「でも、一緒に食べる方が美味しいですから」

芹生さんがそう言ってくれたので、僕はありがたく自作のとうきびご飯おにぎりを食べる。とうきびの甘さとバターのいい香りが美味しいおにぎりは、今日もいい出来映えだった。

何かおかずが欲しかったので、キッチンを借りて卵焼きを作らせてもらう。さすがにもう作り慣れたもので、焼きたてのほこほこした卵焼きは芹生さんにも好評だった。

「渋澤さんは本当にお料理上手ですね！」

「去年までは、そんなふうに言われるなんて想像もつかないくらいだったよ」

料理なんて麺類くらいで、あとは自分で作ろうと考えたこともなかった。自炊が習慣づいたと言ったら実家の両親にびっくりされたほどだ。次の帰省では絶対作ってあげて、両親と祖母を驚かせてやろう。

そんな新しい趣味が、ホームシックだった僕を慰めてくれる要素の一つであったのもまた事実だ。そしてそのお弁当作りも、芹生さんが美味しいと食べてくれたからこそ続けてこれたし、上手くもなった。つくづくいい趣味を持てたものだと思う。

「私も自炊をしたいって気持ちはあるんです」

食卓を囲みながら、芹生さんはそう僕に語った。

「仕事を終えて家に帰るとどうしてもくたびれてしまって……でもお休みの日にならできそうです」

「応援するよ。何か作りたいメニューってあるの？」

それが僕の知っている献立なら教えてあげられるかもしれない。そう思って尋ねたら、芹生さんはもじもじしながら聞き返してくる。

「渋澤さんのお好きな食べ物ってなんですか？」

あ、そういうことか。僕も察して、途端に照れた。

「好きな食べ物――ちょっと恥ずかしいんだけど、ハンバーグなんだ」

「ハンバーグ？　前に、播上さんに作ってもらったっていう……」

「よく覚えてるね。昔から好きなんだけど、子供っぽいって言われるから内緒にしてた」

このことを打ち明けたのは家族以外なら播上と、芹生さんだけだ。

そう言ったら、芹生さんは俄然張り切り出した。

「ハンバーグ、練習します。いつかとびきり美味しいのを作ってみせますから！」

怪我をしていない左手を掲げて誓うその姿に、かわいい彼女ができたな、なんて惚気っぽいことを思う。

僕たちが付き合いだしたことを、職場には特に報告していない。

当たり前だがそんな義務はないし、社内では節度ある接し方をしていれば問題もないだろう。僕はそう考えていて、彼女も同じように思っていたそうだ。

ただ、花瀬課長は何か感づいているのかもしれない。

「渋澤くん、芹生さんが戻ってきてから嬉しそうだね？」

などと、会話に挟み込むように言われることがあって、反応に困っている。何せ面白がりの笑い上戸だ。隙を見せたらまたからかわれて、げらげら笑われてしまうだろう。

もっとも僕も、別に報告する義務がないと思っているだけで、バレたくないと思っているわけではない。僕の自慢の彼女を見せびらかしたい、という気持ちをむしろ抑えて毎日を過ごしているので、知られたらそれはそれでいいか、と思っている。

一方、千鳥さんたちには早々にバレてしまったようだ。僕らは何も言っていないのだが、態度で察したというやつなのだろうか。

「まあ、前から怪しいとは思っとったけど」

ある日話しかけてきた千鳥さんは、したり顔で僕にこう言い放った。

「芹生さんはうちらの王子様なんです。くれぐれも泣かしたりせんといてくださいね」

「もちろん、そのつもりだよ」

僕が即答すれば、彼女は満足そうに頷く。

「王子様にはきれいなお姫様が付き物やし、渋澤さんならぴったりです」

「え……僕が姫？」

「はい。顔のシュッとした感じ、いかにも姫って感じじゃないですか！　なんや聞いたら料理もお上手や言うし」

名前で女子に間違われたことはあっても、お姫様扱いは初めてだ。いや、でも、王子様にお姫様は付き物だというならむしろ喜ぶべき称号なのか。

戸惑う僕をよそに、千鳥さんはご機嫌で続けた。

「これも前から思っとったんですけど、お似合いですよ、お二人」

多少の疑問はあれど、祝福してもらえたことは嬉しかった。長らく思い悩んできたらしい『王子様』にとっても、その幸せを祝福してくれる人がいることはきっと嬉しいことだろう。僕だって彼女の隣に立つにふさわしい人物と思われているなら、それはとても光栄で、幸せなことだ。

祝福といえば、日南さんとは一度、会って話をする機会があった。

僕たちが付き合っていることを知ると、『ぜひ一度お祝いをさせて欲しい』と言ってくれたそうだ。それで僕たちは日南さんと共に食事に出かけた。日南さんは言葉通りにお祝いしてくれ、喜んでもくれたのだが、早々に酔っぱらってしまってそれだけは大変だった。

「だから私は最初に一海に聞いたんですよ。『あんたは渋澤さんのこと好きなんじゃないの？』って！　それを一海が嘘ついて否定するもんだからあんなややこしくなっちゃって！」

「あの、あすか、ちょっと飲みすぎじゃない？」

「全然飲んでない！　渋澤さんを振った時だってそうだよ！　もーこの子はどんだけめんどくさいのって思ったんだから！　余計な回り道しすぎなんだから！」

「う……うん、ごめんなさい……」

最終的には潰れかけた日南さんを二人掛かりで送り届ける羽目にもなった。

もちろん祝福したいと思ってくれた気持ちは嬉しかったし、心配してくれる友達がいるというのも素晴らしいことだ。このことは僕にとってもいい思い出となったし、二人にとってもそうだったに違いない。

播上には、まだ報告をしていない。

したくないわけでは決してないのだが――こうなってみてようやく、僕は播上がプロポーズの言葉や状況などを詳しく教えてくれなかった理由を察した。幸せな恋というものは現在進行形のうちは、照れくさくて、くすぐったくて、とても友達に話せるような内容ではないのだ。

そして播上をあれだけからかったり突っついたりした手前、僕自身の報告は非常にしにくかった。あいつが意趣返しをするような人間ではないとわかっているが、だからこそ自分の幼稚さが恥ずかしい。我が身に返ってくると知っていたならあの時、ただただ温かく祝うだけにしてやったものを。もし播上が珍しく意地悪な気分になって、新聞記者もかくやという粘り強さで僕を突っついてこようものなら、僕はいつぞやのあいつみたいに歯切れの悪い言葉を繰り返すことになるだろう。

そういうわけで、播上への報告は先送りにしている。

もうちょっと僕の気持ちが落ち着いたら、そして現在進行形の恋について照れくささが和らいだら、その時は堂々と惚気てやるつもりだ。

代わりに、両親には彼女ができたことを告げた。

別の用事のついでの報告だったし、両親も二十八歳の息子の恋愛事情なんかでいちいち驚いたり騒いだりはしない。ただ『帰省するなら一緒に来ていただいたら？』という提案はされたので、会いたいと思ってくれているようだ。叶うならぜひそうしたい。

一海も、いいと言ってくれている。

「北海道、一度行ってみたかったんです。何せ修学旅行では行けませんでしたから」

僕の部屋のお気に入りのカウチソファーに、今は二人で並んで座っている。ここに彼女を招けることをすごく幸せだと思うし、いつも楽しい時間を過ごせていた。

今日は一緒にお弁当を作り、ピクニックへ出かける予定だ。彼女がハンバーグを練習してきたというので、僕は彼女のリクエストで赤飯を炊くことにした。母から教わった北海道式の赤飯だ。

部屋にはお米の炊けるいい匂いが漂っている。うるち米ともち米を混ぜて、洗った甘納豆を入れ、食紅を入れて炊くだけ。手順はすこぶるシンプルだった。

「ちなみに、どこか行ってみたい場所はある？」

「瑞希さんのご実家は札幌でしたよね。なら時計台と、クラーク博士は見てみたいです」

「そのくらいなら全然大丈夫。さすがに帯広とか釧路までは立ち寄れないけど」

「それは私にもわかります。北海道は広大ですから」

一海が屈託なく笑う。僕の部屋に来るようになってから、彼女はよく笑うようになった。

きれいでかわいらしいのも相変わらずだ。僕とは身長がそう変わらないのに、僕のシャツを着ると肩幅や袖がぶかぶかでオーバーサイズみたいになる。体格がいいとは言っても、身体の造りは全然違う。彼女の華奢(きゃしゃ)さも僕は十分よく知っていて、それも含めていとおしいと思っていた。

「函館にも寄りたいんだけどな。さすがに年末年始の休みじゃ厳しいか」

お盆は彼女の怪我の影響で、結局帰省をしなかった。だから年末年始に帰る予定を立てている。だが冬場は路面も凍るし雪も積もるから、函館に寄るなら日程には余裕がないと無理だろう。

「播上さんのところですか？」

「そう。一海を紹介したいし、そもそも全然会ってないしな」

もっとも、どうせ会うなら播上が結婚してからの方がいい。清水さんにだって会いたいし、二人を改めて祝福もしたい。あと播上が店に立つところも見てみたい。

「私もお会いしたいです。播上さん、どんな方かなあ……」

一海もそう言ってくれたので、いつか叶えたいと思う。東京から行くのは気軽な旅行という距離ではないが、絶対行きたいから、そのうちに。

やがて炊飯器がご飯が炊けたことを知らせてくれる。僕らは揃ってソファーから立ち上がり、仲良くキッチンに立った。

赤飯はいい色に炊けていて、僕はしゃもじで掻き混ぜながらごま塩を振った。もうもうと立ち上がる湯気がすごくいい匂いで、早くもお腹が空いてくる。

隣では一海がハンバーグ用の挽き肉を捏ねていた。右腕の怪我はもうすっかりよくなって、日常生活はもちろん、仕事にも、料理にだって支障はないそうだ。

「ここ最近、ずっとハンバーグの作り方を練習してきたんです」

忙しい毎日の合間に、彼女は料理の練習を始めたらしい。少しずつレパートリーを増やし、僕とお弁当の交換をしたり、夕飯をごちそうし合ったりできるようになりたいとのことだ。僕としても身近に料理仲間が増えるのは嬉しいし、張り合いもできる。

「今日は絶対美味しいのを作りますからね！」

張り切る彼女がそう言ってくれたので、僕は楽しみで仕方がなかった。


ピクニックの行き先は芝浦公園だった。

お休みの日にまで職場を訪ねなくてもとは思ったのだが、一海がどうしてもここがいいと言ったのだ。

「二人の、思い出の場所ですから」

恥ずかしそうにしつつもそう主張するのがかわいかったので、僕は全面的に譲ることにした。思い出の場所というのも事実ではあったし、僕にとっても大切な記憶だ。

九月に入り、ようやく暑さも和らいできた。土曜日の芝浦公園には平日よりもずっと多くの人がいて、遊具で遊ぶ親子連れもいれば、コートでバスケに興じる少年少女たちもいた。もちろんのんびりと散歩をする人たちもちらほらおり、僕らも生い茂る緑を眺めながらベンチに座った。

もう少しすればここの金木犀が咲いて、また甘い香りを漂わせては秋の訪れを告げるのだろう。東京の秋も三度目だった。

「ハンバーグ、すごく美味しくできたんですよ」

一海が胸を張りながら、お弁当箱を開けてみせる。

お弁当用に小さく丸めたハンバーグはチーズ入りで、粒マスタードと照り焼きの二種類のソースが添えられていた。照り焼きは僕が作り方を教えたものだが、一海は一度で覚えて見事に仕上げてみせた。

「練習の甲斐がありました。もっとも、毎日練習ができていればさらにバリエーションが増えるんですが……」

努力家だが完璧主義なところもある一海は、難しい顔でそんなことを語る。

「平日はどうしてもだらけちゃって。なかなか習慣づかないんです」

「普段はいいんだよ、疲れてるんだから。できる時だけすればいい」

僕だって最初は週に一度作るのがやっとだった。無理な目標を立てないというのも大事なことだ。

一海お手製のハンバーグはふんわり柔らかくて、粒マスタードのぴりりとしたソースがとびきり美味しかった。僕がそれを味わっている間、彼女は初めてのお赤飯に手をつける。ごま塩が振られた甘納豆入りのお赤飯をぱくりと一口頬張った。

「あ、美味しい！　本当に甘いんですね」

「口に合う？　僕はこれしか知らないから違和感ないけど」

「お赤飯って言われるとびっくりですけど、美味しいですよ。冷めても柔らかいし……」

彼女がうっとりと目をつむって味わってくれたので、ほっとする。僕が東京を好きになっていくように、彼女が北海道の味を好きになってくれたら、やっぱり嬉しい。せっかく違う地域に生まれた同士なのだから、互いの故郷のいいところをこれからも教え合えたら、分かち合えたらと思う。

そして美味しいものも、いつまでも二人一緒に味わっていけたらいい。

公園に吹く風は爽やかで心地よく、緑の匂いがした。

「次は別の公園にも行きましょうか。私、いい場所たくさん知ってます」

お弁当を楽しんだ後、一海がそう言って僕に笑いかけてきた。

「名所東京百景。ここ以外にも東京には、きれいで素敵な場所が本当にたくさんありますよ」

僕も満ち足りた思いで、そっと彼女の手を取る。僕よりも小さな手とすらりとした細い指、この手がいつでも届くところにあることを幸福だと思う。もう二度と、何があったって離すものか。

そのためならどんな苦労だって厭わない。できるだけのことをしよう。

「……どうかしました？」

じっと手を見つめる僕に気づいて、一海が怪訝そうにする。

僕はその顔と手を見比べてから、ふと思い浮かんだことを切り出した。

「一海、前もって聞いておきたいことがあるんだ」

「なんでしょうか」

「指輪って、『塡める』で合ってる？」

そう尋ねたら、彼女は最初はっとしてから――思い出し笑いと照れ笑いが入り混じった顔をして、大きく頷いた。

＼物語に登場した料理をご紹介！／

播上君＆渋澤君のスペシャルレシピ♪

料理初心者の渋澤君が挑戦したメニューの数々、ぜひ「#渋澤君のお弁当作ってみた」のタグをつけてSNSへ投稿してください！

野菜はモヤシ、ニンジンなどでもOKです。キノコ類はなんでも合います！

◆鮭のちゃんちゃん焼き

材料：生鮭の切り身、キャベツ、玉ネギ、シメジ、パプリカなどの野菜、バター
調味料：味噌、みりん、砂糖

❶鮭の切り身に塩コショウを振っておく。キャベツは食べやすいようにざく切り、玉ネギは薄切り、パプリカは薄切り、キノコ類は石づきを取ってほぐしておく。調味料は合わせておく。
❷熱したフライパンにサラダ油を引き、鮭は皮目を下にして焼く。2～3分焼いたらひっくり返して、両面を色が変わるまで焼く。
❸鮭の両面が焼けたらその上に野菜を乗せ、調味料を回しかける。フライパンに蓋をして、野菜がしんなりするまで蒸し焼きにする。
❹フライパンの蓋を開け、火を止めてバターを乗せる。余熱でバターを溶かしながら混ぜ合わせたら完成！

◆十勝風豚丼

材料：豚肉
調味料：醤油、みりん、砂糖

❶豚肉は筋切りをして、熱したフライパンで両面を焼く。
❷一旦肉を取り出し、合わせた調味料をフライパンに入れる。弱火にかけ、とろっとするまで煮詰める。
❸煮詰まったら豚肉をフライパンに戻し、調味料を絡めつつ照りが出るまで加熱する。

豚肉は肩ロースがおすすめです。白髪ネギやグリーンピースを乗せると本場っぽいです！

※使用する食材、加熱時間、切り方などはご自身の体調に合わせ調整してください。
※安全な調理のため、使用する機材の注意事項を守り、火傷・食中毒等にご注意ください。

◆とうきびご飯

材料：米、トウモロコシ、塩、バター

❶トウモロコシは皮を剝き、包丁で実を削ぎ落す。
❷米を研ぎ、通常の量の水を注ぐ。塩とトウモロコシの実、芯を入れたら蓋を閉めて炊飯。
❸炊き上がったらトウモロコシの芯を取り除き、熱いうちにバターを入れて掻き混ぜる。

トウモロコシがない時は缶詰のコーンで作っても美味しくできます。

◆スープカレー

材料：小麦粉、カレー粉、おろしショウガ、鶏がらスープ、ナス、オクラ、カボチャなどお好みの野菜

具材がお肉や魚介類なら、スープと一緒に煮込むと更に本格的に！

❶鍋に油を引き、おろしショウガを弱火で炒める。小麦粉とカレー粉を足し、焦がさないように香りが立つまで炒める。
❷鶏がらスープを注ぎ、よく混ぜながら加熱する。
❸ナスはヘタを取って縦切り、カボチャは薄切り、オクラは板摺りをしておく。少量の油で揚げ焼きにする。
❹器に❸の具材を並べ、スープを注いだら完成！

◆ドライカレー

材料：玉ネギ、おろしショウガ、豚挽き肉、小麦粉、カレー粉、トマトジュース
調味料：中濃ソース、砂糖、ケチャップ

❶玉ネギはみじん切りにして、おろしショウガと一緒に油を引いた鍋で、弱火で炒める。
❷玉ネギがしんなりしてきたら豚挽き肉を入れ、さらに炒める。
❸挽肉の水分が飛んだら小麦粉、カレー粉を入れて、焦げつかないように手早く炒める。
❹カレー粉の香りが立ってきたらトマトジュースを注ぎ、煮立たせないように加熱。
❺味を見ながら調味料を足して、完成！

トマトジュースの代わりに野菜ジュースを使っても美味しいよ！

◆なんちゃってちくわパン

材料：ロールパン、ちくわ、ツナ缶、玉ネギ、マヨネーズ、醬油

❶玉ネギはみじんぎりにして、油を切ったツナ、マヨネーズ、醬油少量と混ぜ合わせる。
❷ちくわに縦に切れ目を入れ、中に❶を詰める。
❸ロールパンの背に切れ目を入れ、❷のちくわを挟む。そのままトースターで軽く焼く。

パン屋さんではちくわパンの上に、更にマヨネーズをかけて焼く場合も……！

番外編「冬のベイクドスコッチエッグ」

私の部屋には、ここ数ヶ月でいくつか物が増えていた。

例えば、コルクボードに飾ったペンギンのキーホルダー。その真下の棚にはマゼランペンギンの大きなぬいぐるみもある。初めて二人で水族館に行った日、さんざん悩んだ挙句諦めてしまったあのペンギンだ。二度目に足を運んだ時はもう迷いも吹っ切れていて、勇んでレジに並んだ私を瑞希(みずき)さんも笑って見守ってくれた。

「そんなに好きなら手元に置いておくべきだよ。大切にね」

優しい笑顔でそう言ってくれたことも、しっかりと覚えている。

だから私の部屋にはこれから、大好きなペンギンのグッズが増えていくだろう。今までは男勝りな自分には似合わないとばかり思っていたけど、似合うかどうかなんて関係ない。好きだから、傍に置いておきたかった。

他に増えたものといえば、木を模した陶器製の真っ白なリングスタンド。枝には銀色の真新しい指輪を一つ、掛けてある。サージカルステンレスでできた指輪はごくシンプルなデザインを選んだ。今までアクセサリーをあまり持っていなかったから、手持ちの服に合う使いやすそうなものにしたくて、これに決めた。

「僕も指輪を塡めるのは初めて。慣れるまではちょっと、こそばゆいな」

お揃いの指輪を買った時、瑞希さんはそう言ってはにかんだ。

童顔の彼は笑うといっそうあどけなく見える。指輪を『塡める』という言い方にもどこかぎこちなさがあって、彼がまだ方言を気にしていることが如実に伝わってきた。だけど薬指に指輪を光らせた手は大人っぽく骨張っていて、手の甲に浮き上がる血管に男性らしさを感じて、思わず見入ってしまうことがある。

恋人、という言い方はなんだか畏まっているような気がするし、かといって彼氏なんていうのも浮ついているみたいで気恥ずかしいけど、ともあれそういう特別な相手ができると、自分の部屋に置く品さえ変わっていくものだ。

新しいスリッパと新しい枕、それに新しい歯ブラシも買ってある。これらについてはおおっぴらに置いておくものでもないし、必要に応じて取り出したり、しまったりしていた。でも少し前、うっかり歯ブラシをしまい忘れていたところに母が訪ねてきて、見つかった挙句質問攻めにされた。ちょうど指輪を買う前だったので、説明した後に急遽彼を紹介する事態になってしまったけど――急な話だったというのに、瑞希さんは快く日程を調整してくれたし、会うや否や愛嬌ある笑顔と誠実な話し方で両親の心まで摑み取ってしまった。今や両親の方が『しっかり渋澤さんを捕まえておきなさい』と念を押してくるほどだ。今まで異性の影すらなかった娘を案じてくれているのだろうけど、なんとも面映ゆい。

そして、つい最近。

私は新しいお弁当箱を買った。

それは単に料理を始めるということだけではなく、今までの生活習慣そのものを見直すという決意の象徴でもある。

勤務を終えて電車に揺られ、自分の部屋に帰ってきたら、どんなに疲れていてもお米を研ぎ、炊飯器をセットする。

こうすれば朝ご飯が食べられるし、余裕があればお弁当だって作れた。

今まではくたびれて帰宅後、せいぜいメイクを落として寝るだけで精いっぱいだった。溜息をつきながら床に座り込んで、そのまま寝入ってしまったことすらある。本社での仕事の密度は相変わらずだけど、お米を研いで炊くという習慣を付け足したら夜と朝の過ごし方が変わった。

朝は起きたらまず炊き立てご飯で小さなおにぎりを作る。中身の具はあったりなかったり、今朝は買い置きの塩昆布があったからそれを入れた。時間があれば目玉焼きやオムレツを添えるし、フルーツも旬のものをなるべく食べるようにしている。今は冬だから、手で皮を剝けるミカンが楽でいい。

そしてさらに余裕のある時は、お弁当を作る。

むしろ今日は火曜日だからどうしても余裕を作り出したくて、少しだけ早起きをしていた。豚挽き肉を捏ねて塩コショウ、パン粉、卵とよく混ぜる。そうしてできたタネで小さなうずらの卵を包んだら、フライパンで焼く。

スコッチエッグはイギリス発祥の料理らしく、本来はパン粉の衣をつけて油で揚げるのが主流だそうだ。でも朝から揚げ物なんて私には荷が重い。だからこうして、フライパンで焼いた後ソースで煮詰めるスコッチエッグにした。溢れる肉汁にケチャップ、ソース、ほんの少しのお砂糖を加えたグレイビーソースは挽き肉料理との相性もいい。

完成したスコッチエッグをお弁当箱に詰めて、付け合わせには茹でたブロッコリーとミニトマトを添える。ご飯の上に海苔とおかかを敷いたら、海のものも山のものも、お肉も野菜も入ったお弁当のできあがり。

粗熱を取ったお弁当に蓋をしながら、ふと今日のお昼休みに思いを馳せる。ハンバーグが好きな瑞希さんは、スコッチエッグも気に入ってくれるだろうか。いかに好物とはいえいつもハンバーグというのも芸がないし、今は挽き肉の可能性を模索しているところだ。多分、彼の口には合うと思うけど——不思議と不安はなくて、ただわくわくしている。

瑞希さんは私に、お弁当を作る楽しさを教えてくれた。

それだけじゃない。誰かと美味しいものを分かち合い、一緒に味わう楽しさも。お互いの故郷について教え合い、知らない文化や風習、それに言葉を知る時間の有意義さも。好きな人がいて、その人に自分の本心を嘘偽らずに打ち明け、そして受け入れてもらえることの幸せも全て、彼が教えてくれた。

出勤前のわずかな時間、私は陶器のリングスタンドから指輪を拾い上げ、そっと指に嵌めてみる。まだ傷一つない銀色のリングが朝日を受けて光るのを、私も彼と同じくこそばゆい気持ちで眺めていた。この先いくら傷が増えても、年季が入ってこんなふうには光らなくなっても、私はこの指輪をとても大切な宝物だと思うだろう。

今の私が持っている、少し前なら信じられなかったくらい幸福な思いと、同じように。

「スコッチエッグ？」

お昼休みに休憩室で落ち合った瑞希さんは、今日の献立を聞くと大きく目を瞠った。

「なんだか高級そうな響きに聞こえる」

「全然そんなことないです。挽き肉でうずらの卵を包んで焼いただけですから」

「つまり、変わり種ハンバーグみたいなこと？」

「そうです。本来はイギリス料理で、パン粉をつけて揚げるのが主流らしいんですけど」

説明をしながら、お弁当の蓋にスコッチエッグをいくつか取り分ける。電子レンジで温めたばかりのスコッチエッグはほのかな湯気が揺らいでいて、香り立つグレービーソースが食欲をそそった。蓋ごと彼に差し出すと、瑞希さんの目は興味深そうに輝く。

「すごく美味しそうだ。イギリスの味がするかな」

「お口に合うといいのですが」

私はそう言ったけど、彼は合わない可能性なんて微塵も考えなかったようだ。自分のお弁当箱も開けないまま、箸を手に取りスコッチエッグを一つ摘まむ。すぐに口へ放り込んだ後、じっくりと噛み締めてから満足そうに深く笑んだ。

「美味しい！」

「あ、よかったです。イギリスの味、しましたか？」

「味つけ濃いめのハンバーグにうずらの卵はよく合うし、食べ応えもある。いいな、イギリスのことが一気に好きになったよ」

瑞希さんがとても嬉しそうに言ってくれたので、私も安堵と満足を覚える。やっぱり、作った料理を美味しいと言ってもらえるのは嬉しい。喜んでもらいたくて作ったのだから尚のことだ。

「向こうではピクニックのメニューにもなるみたいです」

「ピクニックか……春になったら、また公園でお弁当を食べたいな」

彼が休憩室の大きなガラス窓に目を向ける。

東京は木枯らしが吹きすさぶ時期で、一面雲に覆われた曇天は見るからに寒々しい。でも『冬来たりなば春遠からじ』の言葉通り、冬が終わればその後には暖かい春がやってくる。

北海道生まれの瑞希さんも東京の冬は寒いと言っていた。彼も私も、春の訪れを心の底から待ち望んでいる。

「暖かくなるのが待ち遠しいですね」

私が言うと、彼は間髪入れず頷いた。

「本当だね。春が来たら、一緒に暮らせるようになるし」

瑞希さんの今住んでいる部屋の契約が終わる三月末を見計らい、私たちは一緒の部屋に住むことを決めている。年が明けたら部屋探しをする予定だけど、その前に北海道へ行って瑞希さんのご両親にご挨拶をしなくてはいけないし、この先の予定は少々タイトに詰まっていた。

だからもうじき私の部屋は、もっと大きな変化を迎えることになる。物も増えるだろうし、それに伴い素敵な思い出も幸福も、いっそう増えていくことだろう。

私が楽しみな思いで微笑むと、瑞希さんも口元を綻ばせる。その後で思い出したように言った。

「あ、貰ってばかりじゃ悪いよな。僕も今日は力作なんだ」

そしていそいそと自分のお弁当箱を開ける様子を、今はまだ指輪をしていない骨張った彼の手を、私はいとおしい気持ちで眺める。

もうじき私たちは人前でも指輪をするようになる。その時までに慣れているか、それともその時が来てもこそばゆい気持ちのままかはわからないけど、どちらにしても幸せなことには違いない。

※本書は書き下ろしです。
この物語はフィクションです。作中に同一の名称があった場合でも、
実在する人物、地名、店舗、団体等とは一切関係ありません。

宝島社
文庫

総務課の渋澤君のお弁当
ひとくち召し上がれ

（そうむかのしぶさわくんのおべんとう　ひとくちめしあがれ）

2021年12月22日　第1刷発行

著　者　森崎 緩
発行人　蓮見清一
発行所　株式会社 宝島社
〒102-8388　東京都千代田区一番町25番地
電話：営業 03(3234)4621／編集 03(3239)0599
https://tkj.jp
印刷・製本　株式会社広済堂ネクスト

ISBN 978-4-299-02342-1

宝島社文庫　好評既刊

宝島社文庫

あやかし処の晩ノ飯
最後の晩餐、おもてなし

三崎（みさき）いちの

ぼっちの浪人生・夜彦が山奥に迷い込み、辿りついたのは「晩年亭」――黄泉と現世の狭間で、死者に思い出の料理をふるまう料亭だった！　美貌の料理人・銀二と妹の美月の手伝いをすることになった夜彦だが、死者&あやかし、様々な事情を抱えた客が訪れ――？

定価　715円（税込）

宝島社文庫　好評既刊

宝島社文庫

木曜日にはココアを

青山美智子(あおやまみちこ)

「マーブル・カフェ」には、今日もさまざまな人が訪れる。必ず木曜日に温かいココアを頼む「ココアさん」、初めて息子のお弁当を作ることになったキャリアウーマン、ネイルを落とし忘れてしまった幼稚園の新人先生……。人知れず頑張っている人たちを応援する、心がほどける12色の物語。

定価 704円（税込）